中央大学人文科学研究所　研究叢書81

ローカリティのダイナミズム

連動するアメリカ作家・表現者たち

中央大学人文科学研究所 編

中央大学出版部

まえがき

本書は、中央大学人文科学研究所の研究会チーム「英語圏文学におけるグローバル、ローカル、エスニシティ」（代表：中村亨）の共同研究の成果である。本研究会チームが発足したのは二〇二〇年四月のことである。チーム発足に先立って研究所に提出された申請書の研究目的の欄には、以下のように記されていた。

グローバルな事象とローカルな営みは相容れないものではなく、二つが連動しているという問題意識に立って、英語圏文学に新たな光を当てる。そしてエスニシティの問題についても視野に入れつつ、文学と社会の関わりを考える。

本書の構想が生まれたのは、二〇一九年二月、中村亨、本村浩二、米山正文の三人により、本村邸で開催された会合においてである。今日的な問題を視野に入れたうえで、三人の研究対象および関心事が交差する場所を探り、チーム名にある三つのキーワードが選定された。その後、中垣恒太郎をチームメンバーに加え、二〇二〇年四月より活動を開始したが、チームの研究テーマをめぐってさらに議論が進められた。同年八月、上記テーマがやや野心的過ぎ、かつ拡散しているという印象があったため、三つのキーワードのうち、核となるものを一つ選ぶこととした。それが「ローカル」であった。このキーワードを軸とし、他のテーマ（グローバルやエスニシティなど）はサブ・トピックとして個々の執筆者に委ねることとした。また、論考のなかに必ずテクスト分析を入れるという原則を設けた。その後、二度の研究会を通じ、山本裕子と三宅美千代を新たに執筆者に加えることとなり、最終的に執筆予定者は六名となった。

当初予定した活動期間は三年間であり、チームの活動は二〇二二年三月までのスケジュールであった。しかし、この間、新型コロナウィルス感染症の発生、中村と本村の海外研修（サバティカル）など、諸々の事情が重なり、期間を延長することとした。いわゆるコロナ禍で、対面による会合や研究会が開催できなくなるという障害もあったが、オンラインの使用により海外から三宅の参加が可能となったことは予想外の幸運であった。

チームのキーワードである「ローカル」について若干補足したい。文学研究の基本的要素として、筋（plot）や登場人物（characters）などと同様、背景装置（setting）もあるのは周知の事実である。それゆえ、作者や作中の「ローカル」に注目することはさほど新しい試みとはいえない。しかし、グローバリゼーションや移動といった現在進行中の事象のなかで、それらと連動するものとして「ローカル」を新たに見直すことが可能な時代となった。そのような時代だからこそ見えてくるローカルの姿――開かれた動的なものであり、複合的な要素をはらんでいることなど――を追求することに意味はあると考えられる。別の言葉でいえば、ローカルには世界規模の様々な事象や問題が見出せるはずである。本研究チームのローカルへの視覚はそのようなものであった。それゆえ、本書の題目を「ローカリティのダイナミズム」とした。

ただ、「ローカル」を軸とはしているものの、本書に収録されている論文には、必ずしもそれに即応していないような印象を与えるものがあるかもしれない。本研究会チームでは、ローカルを共通項としながらも、個々の執筆者の関心や研究対象を妨げることなく、可能な限り各自が自由に論じるというスタイルをとった。その成果については、読者諸氏のご批判やご意見に真摯に耳を傾けたいと考えている。

一方で、この比較的自由な環境のゆえに、ローカルに付随した様々なテーマ――ナショナリズム、エスニシティ、ジェンダー、政治、階級、自然など――が扱われる結果となった。読者諸氏には各々の興味関心に応じ各章をお読みいただければ幸いである。

以下に、所収各論文の概要を掲載順に紹介する。

山本裕子「"From Jefferson to the World"――フォークナーの『町』と『館』と「人民資本主義」」は、ウィリアム・フォークナーのスノープス三部作の二作目『町』と三作目『館』において描かれる経済モデルを、執筆時期である一九五五年から一九五六年の、アメリカ合衆国広報文化交流局と公共広告機構が国内外にて行っていたキャンペーン「人民資本主義」とフォークナーの人種隔離撤廃に関する演説との関係において考察する。官民連携によって展開された「人民資本主義」が、フォークナーのレトリックと、さらには、彼の創作したローカルな町とも、地続きであることを見出す。

三宅美千代「『プラウド・ヴァレー』と人種を超えた連帯の夢――ポール・ロブスンとウェールズ労働運動」は、英国で人気スターの座を獲得したポール・ロブスンを主演に迎えて、アフリカ系アメリカ人の元船乗りとウェールズの炭坑夫たちの人種を超えた交流を描いたイギリス映画『プラウド・ヴァレー』を取り上げる。同時代の左派政治運動の動向、コミンテルンと黒人解放運動の関係、制作関係者たちのプロフィール、さらに三〇年代のイギリス映画の検閲事情に言及しながら、戦間期の左派政治運動の力学のなかに作品を位置づけることを目指す。

本村浩二「ケージとサークル――ショパン、ウェルティ、そしてリージョナル文学」は、「リージョナル文学」というジャンルの大枠のなかで、ジェンダー的な問題に注目しながら、主に『目覚め』と『デルタ・ウエディング』を比較考察している。そして、南部の家庭のあり方や白人女性の生き方に対する、両作家の見解の違いを明らかにしている。ケイト・ショパンとユードラ・ウェルティは一般的に「南部白人女性作家」と見なされている。ただし、時代と地域が異なるため、この二人を直接的な影響関係という観点から論じることはむずかしい。しかし、インターテクスチュアリティの観点で見ると、二人が描いた物語には思いもよらぬ類似点や相違点が指摘できる。

中村亨「「国民文化」創造の分岐点——「若きアメリカ」の系譜とヘミングウェイ、そしてトゥーマー」は、シャーウッド・アンダソンやウォルド・フランクらジーン・トゥーマーと関わりの深い作家たちにヘミングウェイが対立姿勢を表明することで、結果的に彼はトゥーマーひいてはハーレム・ルネッサンスから距離を置いたことを明らかにする。フランクとアンダソンが加わっていた、そしてハーレム・ルネッサンスの論客アレイン・ロックも共鳴していた、英国的伝統からの独立と多文化主義的理想を掲げる文学運動に、ヘミングウェイとトゥーマーはほぼ同時期に合流しながら、やがてヘミングウェイはその運動からは離反する。黒人文化を称えるアンダソンの小説『暗い笑い』をパロディーにした小説発表で、離反は決定的となった。

米山正文「鳥と鯨——ディキンスン、ジュエット、メルヴィルにおける動物表象」は、ディキンスンの「一羽の鳥が小道をやって来た」、ジュエットの短編「白鷺」、およびメルヴィルの長編『白鯨』の動物表象を比較する大胆な試みである。三つのテクストに共通する、動物の「人間化」の過程を出発点とし、精神分析学者北山修の「共視」という概念を援用しながら、主に「白鷺」におけるシルヴィアの白鷺への視点と、『白鯨』におけるイシュメールの鯨への視点に注目し、イシュメールが「共視」を学習することで、複雑で多様な白鯨像に接近していく過程を分析する。

最初に述べたように、本研究会チームには、寄稿した右記五名の他に中垣恒太郎が客員研究員として参加していた。チームの各研究会には積極的に参加していただいたが、諸般の事情により、成果の発表は他日を期することとなった。

最後に、本チームの研究活動をずっと支え、本書の編集にご尽力下さった中央大学人文科学研究所と中央大学出版部の方々、特に研究所合同事務室庶務課の松井秀晃様と浅野瑞希様に厚く御礼申し上げる。

二〇二三年八月

研究会チーム「英語圏文学におけるグローバル、ローカル、エスニシティ」

米山正文

目次

第一章　"From Jefferson to the World"
──フォークナーの『町』と『館』と「人民資本主義」──

山本裕子

はじめに

『館』（*The Mansion*, 1959）の序文においてウィリアム・フォークナーは、スノープス三部作は「三四年間の進歩」の証であると書いた。実際、一九二六年の草稿「父なるアブラハム」（"Father Abraham"）の着想から始まり、『マドモアゼル』誌に発表した短編小説「人民による」（"By the People"）を経て創作された三部作の二作目『町』（*The Town*, 1957）と三作目『館』は、その「進歩」の過程で、冷戦という時代性を色濃く反映した作品となったのである。たとえば、ジョン・T・マシューズは、『館』のことを「冷戦の寓話」と呼び、フォークナーによる「米国の自由世界主義」への批判を読み取る（Matthews, "Many Mansions" 7）。しかしながら、このフォークナーが「資本主義デモクラシーの確信性に難問を突きつける」（Matthews, "Many Mansions" 5）というマシューズの見立ては首肯しがたい。当時のフォークナーの公的活動や発言、それから『町』と『館』からも、アメリカの自由世界主義や資本主義デモクラシーへの信奉が窺い知れるからである。本章では、むしろ、フォークナーが実生活においても創作においても、一貫してそれらを支持していることを示したい。

一九五〇年代の中葉、フォークナーは、米国人ノーベル賞受賞者としてアイゼンハワー政権の文化外交の一翼を担い、国務省と協働していた。一九五五年年八月から一〇月にかけては、日本、フィリピン、イタリア、フランス、イギリス、アイスランドを外遊し、一九五六年九月には、「人民と人民の交流計画《ピープル・トゥ・ピープル・プログラム》」の作家委員会の委員長に就任した。これらの活動は、アイゼンハワー政権下における封じ込め政策の一環だった。当時、フォークナーも、共産主義に打ち勝たなくてはならないという冷戦期ならではの思考態度をもっていたのだろう。一九六二年には支持党の党首であるジョン・F・ケネディ大統領とのホワイトハウスでの昼食会は断ったというのに、一九五六年には支持党の党首ではないドワイト・D・アイゼンハワー大統領には全面的に協力したのである(Williamson 334)。フォークナー曰く、「大統領から何かを頼まれたら、やるものだ」(Blotner 627)。冷戦戦士として、共産主義との闘いに参画していたのである。

ちょうどその頃、公共広告機構(Advertising Council, AC)と合衆国広報文化交流局(United States Information Agency, USIA)が国内外にて打ち出していた運動が「人民資本主義」である。本章では、『町』と『館』において描かれる経済モデルのあり様に注目し、それが執筆と時を同じくするこの「人民の、人民による、人民のための資本主義」(AC 6)と驚くほど同調していることを明らかにしたい。第一節では、官民連携の運動「人民資本主義」について概観し、一九五五年から一九五六年がどういう時代であったのかを確認する。第二節では、一九五五年から一九五六年にかけてのフォークナーの人種統合に関する講演や声明文における説得のレトリックを分析し、「人民資本主義」との共鳴を考察する。第三節においては、長編『町』と『館』においてV・K・ラトリフに体現される経済モデルが「人民資本主義」と同質のものであることを明らかにする。本章の議論からは、フォークナーの『町』と『館』と通底して響き合う「人民資本主義」が、そしてアメリカ政府と協働する冷戦戦士フォークナーの姿が立ち現れるはずである。

一 「人民資本主義」

いわゆるブラウン判決において主席判事アール・ウォーレンが連邦最高裁判事全員一致の法廷意見を読み上げた三カ月後、アメリカ政府は、共産主義に対抗する心理戦拡充を図っていた。判決によってアメリカにおけるアフリカ系の人々に対する二級市民としての差別的処遇が国際社会に知られるところとなり、ソビエト社会主義共和国連邦のプロパガンダの格好の標的となっていた。アメリカは、物質主義的で文化芸術を解さないウォール街の白人資本家たちが支配する国家、すなわち、「法人資本主義《コーポレート・キャピタリズム》」と「消費主義」が蔓延する野蛮な国家だとされたのである（Osgood 217）。そして、こうした反米プロパガンダは、アメリカ国内で黒人に対する暴力的な事件が発生するたび、説得力をもった。そのためアメリカは、ソ連のプロパガンダによって喧伝された負のイメージを払拭するため、より効果的な情報戦略を打ち出す必要性に迫られていたのである。一九五四年七月二七日、アイゼンハワー大統領は、海外への芸術家や文化使節団の派遣、展示会や国際見本市への参加を促進するため、五〇〇万ドルもの臨時特別予算「国際問題参画のための特別緊急基金」を提案し、議会はそれを承認した（US, "The President" 1776）。ケネス・オズグッドによれば、国際見本市とは、一般的には「国際通商を促進するため」に開催されるが、冷戦期には「特別なイデオロギー的かつ文化的な意味を帯びた」という。アメリカ合衆国とソビエト連邦の双方が、それを「経済界のリーダーや一般大衆とつながる機会」や「参加国とその産業界での知名度をあげる広報活動」と捉えた。したがって、資本主義経済システムの「物質的恩恵」を博覧に供する国際見本市は、アメリカ政府の役人にとって「アメリカの文化とイデオロギーを売るための手段」に他ならなかった

(Osgood 220)。そして、冷戦期には、芸術家、文化使節団、展示会、見本市といったものすべてが、文化資本としてその手段となったのである。

人種問題に加えて、この頃のアメリカ政府には、海外での情報発信に注力すべき理由が他にもあった。一九五四年三月の第五福竜丸事件である。おりしも、国際連合でのアイゼンハワー大統領の演説「平和のための原子力」("Atoms for Peace")を受けて、ＵＳＩＡは、政治運動「原子力の平和利用《アトムズ・フォー・ピース》」を世界で展開していた。マーシャル諸島ビキニ環礁での水爆実験により日本のマグロ遠洋漁船の乗組員二三名が被ばくするという事件は、アメリカの原子力平和利用の主張に疑念をもたせただけでなく、過去の日本に対する原子爆弾使用の事実までをも呼び起こした。一方のソ連側は、よりシンプルで訴求力のあるスローガン「核兵器廃絶」("Ban the Bomb")を唱えていた(Hewlett and Holl 299)。国際社会における平和イニシアティブ運動においても、アメリカは分が悪かったのである。

つまり、海外での政府広報活動を担うＵＳＩＡにとって、人種問題とは、まさに外交における「アキレス腱」だった。ＵＳＩＡはソ連のプロパガンダが作り上げたアメリカのイメージを打破し、「真のアメリカの姿」を見せるべく苦心していた。すなわち、ＵＳＩＡは、共産主義圏のプロパガンダによって描かれた「支配階級によって労働者、女性、少数者が容赦なく搾取される文化的不毛の地」という国家像を、「自由企業と民主主義がすべての民に繁栄と自由をもたらした地」というそれによって塗り替えようとしたのである(Osgood 255)。この目的のために考案されたのが、「人民資本主義」だ。このスローガンは、「原子力の平和利用《アトムズ・フォー・ピース》」や「領空開放《オープン・スカイ》」と同様、一九五五年以降の数年にわたって国内外での広報キャンペーンにおいて用いられた。

「人民資本主義」というスローガンは、ＡＣの会長セオドア・レプリエによって提案されたものである。アイゼンハワー政権から依頼された彼は、一九五五年初頭から半年間にわたってヨーロッパ、中近東、アジアのＵＳ

ＩＡ支局を視察して、情報活動についてソ連側のそれとの比較分析をして評価を行った。この評価において彼は、現状の活動においては包括的に伝えようとするがため情報が錯綜して効果的ではないと断じ、鍵となるいくつかの目的に絞って宣伝活動を行うべきとした。そして、人々の記憶に残りやすいキャッチーなスローガンとして「人民資本主義」を提言したのである（Wall 198）。ＰＲ活動の専門家であるレプリエの助言を受け入れた大統領は、すぐさまＵＳＩＡ局長のセオドア・ストライバートに伝えた（Cull 117）。こうして一九五五年より、ＡＣとＵＳＩＡは協働して「人民資本主義」キャンペーンを展開していくことになったのである。

この官民協働によるキャンペーンの一番の狙いは、自由主義国家アメリカの経済モデルのもとでの豊かで快適な暮らし――「アメリカ的生活様式《アメリカン・ウェイ・オブ・ライフ》」――を売り込むことだった。「人民資本主義」というフレーズには、二〇世紀中葉のアメリカの経済システムは、発達途上の独占資本主義ではなく、より進化した最新の資本主義である、との主張が込められていた。ＡＣの報告によれば、「アメリカでは完全に新しい種類の資本主義が発達したのであり、どのような社会よりも進んで、平均的な人間に『良い生活』を達成しようとしている」（AC 1）という。この新しい資本主義とは、「人民の、人民による、人民のための資本主義」（AC 6）である。ＵＳＩＡの一九五六年の議会報告書によれば、アメリカの経済システムとは、「ウォール街が合衆国を支配している」というソ連のプロパガンダに反して、「アメリカ人の大多数に利益をもたらす、近代的な資本主義形態」である（US, USIA こ）。また、外交政策に関する最高意志決定機関である国家安全保障会議（National Security Council, NSC）作成の一九五七年九月一一日の文書によれば、アメリカの資本主義とは、「平和で民主主義的な革命」を経た、「少数ではなく多数に利益分配されるシステム」である（US, NSC 600）。つまり、カール・マルクスが『資本論』によって有名にした前近代的な資本主義のもとでは少数の資本家が多数の労働者を搾取することにより富を独占するが、アメリカの近代的な資本主義のもとでは労働者一人ひとりが独立した資本家となるというのである。あえて「ロシア的な」イメージのある言葉「人民《ピープル》」をつけた「人民資本主義」というフレーズによって（Belmonte 131; Wall 198）、全体主義国家のソ連が約束しながらも成し遂げていない大多数の幸福を、民主主義国家のアメリカこそが実現しているのだと主張するものだった（Osgood 286–287）。そして、この民主主義的な資本主義のもとでのアメリカ的生活様式こそが、現代人の暮らしぶりとして最も望ましいものだと国際社会に向けて訴えたのである。

この「人民資本主義」のコンセプトを効果的に国内外の市民に伝える伝達手段として、ACとUSIAは展示会を用いた。一九五六年二月、ACとUSIAの共催により、ワシントン特別区のユニオン駅にて「人民資本主義——新しい生き方」（"People's Capitalism—A New Way of Living"）と題された展示会が開催された。諸外国を巡回させる前のテスト展示でもあったこの展示会では、家電製品や自動車といったアメリカが世界に誇る最新の商品が陳列された。なかでもハイライトとなったのは、家である。一七七六年の開拓時代における労働者の「典型的な家《モデルハウス》」と一九五六年の現代における労働者のそれとを対置することで、一八〇年前と今とで暮らしぶりがどう変わったのか、目に見えてわかるように示したのである（US, USIA 2）。言わんとするところは、現代のアメリカでは、平均的給与を得ているごく普通の労働者が、豊かで快適な「アメリカ的生活様式」を享受するようになったということだ。この視覚的ナラティブにおいて強調されたのは、資本主義の進化である。出口に一番近いパネルに並べられた惹句の一つは、次のように「進歩」を強調した——「アメリカは、世界の他の国と同じく、この輝かしい目標に向かって行進してきました。幸運と勤勉によって、アメリカ合衆国にはダイナミックな新しい生活様式が生まれたのです」（AC 6）。「進化」や「進歩」を強調することで、アメリカとは変化の国であり、人種差別や二級市民の問題については是正の過程にあるとしたのである（Osgood 278）。テスト展示会にて訪問者に不人気であった開拓時代の家は、後にエイブラハム・リンカーンの丸太小屋に変更になり、海外への巡回へと旅立った。

国内においては、ビジネス・リーダーや経済学者らが、「人民資本主義」を全面的にバックアップした。一九五六年一一月には、ACとイェール大学の共催で、学会「人民資本主義を議論するアメリカのラウンド・テーブル」(“The American Round Table Discussions on People's Capitalism”)が二日間にわたって開催された。登壇者は、イェール大学の教員のほか、企業の社長、『フォーチュン』誌の編集者などビジネス界に関係する人たちであった。一九五七年には八つの討論の成果が出版物となっているが、そこで出された共通の結論は、「アメリカの資本主義の新規性」、「物質的豊かさ」、「人民の主権」、「経済システムと政治システムの相関性」、「変化を受け入れるシステム」、「文化的精神的な成長を涵養」だった(Potter 3-4)。また、ゼネラル・エレクトリック社は、一九五六年度の宣伝を「人民資本主義」とタイアップして行い、『タイム』や『フォーチュン』といった雑誌に次のような全面広告記事を打ち出した。株主が集まった年次大会の写真とともに、アメリカ様式の資本主義が他の資本主義とは異なるのは、「すべての人が責任と恩恵を共有する」(傍線原文)、「人民の」資本主義だからだと説明される。記事は、次のような文章で締めくくられる――「我々の考えでは、アメリカの顕著なブランドである資本主義が、知られ理解されるようになればなるほど、持続する進歩について確信することができるようになるでしょう。その進歩とは、消費者、雇用者、株式保有者、大小すべてのビジネス、そして国家によって共有されるものなのです」(General Electric, Advertisement, *Time*, June 18, 1956)。一九五七年には、見出しに「すべての市民が資本家」といった文字が踊り、記事では利益が大多数に分配されることがアメリカの資本主義の根本にあることが強調されている(General Electric, Advertisement, *Time*, May 13, 1957; *Fortune*, June 1957)。「人民資本主義」とその成果たるアメリカ的生活様式は、ビジネス・エリート層の主導によって国内に向けて売り込まれたのである。

以上のように、一九五五年から一九五六年にかけて、アメリカ式の経済モデル「人民資本主義」――自由で民主主義的で個人主義的な資本主義――とその最新の成果である製品《プロダクツ》は、国内外に伝播された。この「進歩」を

「包括的なテーマ」としたアメリカのプロパガンダは、最新のアメリカ的生活様式を国内外に宣伝すると同時に、アメリカの資本主義は共産主義よりも先にその理想を実現したのだとアピールしたのである（Osgood 286–287）。アメリカの自由世界主義と資本主義デモクラシーを称揚する「人民資本主義」は、結果的に厄介な人種問題から人々の目をそらすことに役立った。USIAとACの「人民資本主義」は、アメリカの汚名返上のための国家の威信をかけたキャンペーンでもあったのである。こうして国内外に喧伝された「人民資本主義」は、一九五五年から一九五六年にかけて、作家フォークナーの言説および創作に影響を及ぼしたのである。

二　一九五五年のフォークナー

一九五五年の南部は、公立学校における学生の人種分離を違憲とした最高裁判所の判決——いわゆるブラウン判決——を受け、人種隔離をめぐる意見の対立で大揺れに揺れていた。全米黒人地位向上協会の訴訟戦術に対抗して、白人至上主義者らが白人市民会議を南部中に創設していった不穏な時期である。公民権運動の幕開けとなるエメット・ティル殺害事件（八月）が起こったのも、この年のことだった。こうした激動の中、人種統合に賛成する南部リベラル白人の立場から、フォークナーも公式書簡やエッセイを精力的に発表していた。しかし、本節で論じるように、その賛成は、冷戦戦士としてアメリカの自由世界主義や資本主義デモクラシーを称揚する影にかすんでしまったようである。

一九五五年から一九五六年のフォークナーは、南部人として人種問題と対峙していた。同年三月から四月にかけては、メンフィスの『コマーシャル・アピール』紙上で学校統合に賛成する論陣を張っていた。年が明けてからは、より多くの人々に自分の意見が届くように全国レベルでの発言を行うようになった。アラバマ大学へ入学するオーザリン・ルーシーが反対派に殺されてしまうのではないかと恐れたフォークナーは、急いては事を仕損じる、というメッセージを伝えようと躍起になっていたのである。そのため、一九五六年二月には、英国の高級紙の中で一番の購読者数を誇る日曜版新聞『サンデー・タイムズ』のインタビューに応じ、著名人インタビューで知られる人気ラジオ番組「テックス・アンド・ジンクス・ショウ」にも出演した。三月には大衆グラフ雑誌『ライフ』に「北部への手紙」（“A Letter to the North”）を、九月には『エボニー』誌にエッセイ「もし私が黒人だったなら」（“If I Were a Negro”）を、それぞれ発表したのだった。残念ながら、フォークナーの「急ぐべきではない」（“Go Slow”）という言葉の真意——その言葉は、一人の人間の生命を危険に晒すような戦略をとるべきではないという彼の信念から発せられたものであったが、黒人の人権の不可侵性よりも州の権限のそれを優先しているとも受け取れるものだった——は、『サンデー・タイムズ』紙のニューヨーク特派員ラッセル・ウォレン・ハウによるインタビューでの「通りに出て黒人を撃つことになろうとも」（Howe 19）という取り返しのつかない失言により、より理解されないものとなってしまった。このように、一九五五年から一九五六年にかけてフォークナーは、南部における黒人差別体制《ジム・クロウイズム》に関する論争の渦中に身をおいていたのである。

しかし、同時期のフォークナーは、世界市民として振舞ってもいた。フォークナーによるアメリカを盟主とする自由世界主義の称揚は、国務省派遣によるアジア・ヨーロッパ外遊より前の一九五五年の春にすでにみられる。四月一三日にはオレゴン大学にて講演「アメリカ様式の自由」（“Freedom American Style”）を、一八日にはモンタナ大学にて講演「アメリカン・ドリームに何が起こってしまったのか？」（“What Has Happened to American Dream?”）を行った。モンタナ大学新聞の紹介記事によれば、彼は、機会均等や平等を保持する「自由」について述べ、それが実現されていないことを指摘した——「他の人々と等しく平等なスタートを切ることを可能にせしめ、そして平等を守る自由でもある、この自由の夢はアメリカの人々を棄て去った」。その具体例として南部の人種隔離を引き合いに出したのだが、その際、人種問題の背景には、南部白人の黒人に対する社会的ではなく経済的「恐怖」があると指摘した。それから彼は、聴衆に向けて、人種による連帯よりも、自由主義による連帯がより重要だと説いた――「黒人か白人か、アメリカ人かヨーロッパ人か、東洋人か西洋人かよりも、『単に奴隷でいるか自由でいるか』の選択を迫られる、そういう日が来る」。そして、最後にフォークナーが、自由を「選ぶこと」と「実践する」ことには大きな違いがあり、実践することこそが重要だと述べたことを伝えて、記事は締めくくられる（Associated Students of Montana State University 4）。人種の平等を実現するために自由世界主義を唱えたようだが、その主張は結果的に人種問題から人々の目をそらすことになってしまったといえよう。

一九五五年八月から一〇月にかけての国務省派遣のアジア・ヨーロッパ外遊において、フォークナーは、引き続きアメリカの夢を実践すべきという説得のレトリックに拘っていた。日本やフィリピンにて草稿「アメリカン・ドリーム」を読み上げ、エッセイ「日本の若者たちへ」において「人間の希望は自由《フリーダム》にある」と述べ、「奴隷である状態と自由である状態」の選択をしなければならないと繰り返した（Faulkner, *Essays* 84）。ローマ滞在中のエメット・ティル事件に関するUP通信社の特電においては、世界の信頼を失っている場合ではないと核兵器による奇襲攻撃の可能性に言及して警鐘を鳴らし、人種による連帯ではなく自由主義による連帯が必要だと論じた――「なぜなら白人種全体で、白色・褐色・黄色・黒色の諸人類から成る地球人口の僅か四分の一にしかならないからです。だから、白人はもはや人類の他の四分の三を相手にまわすような行為をなす余裕などない」（Faulkner, *Essays* 222）。「第二のパール・ハーバー」を生きのびられるとすれば、それはアメリカが、人種の差異に拘らずに、自由と平等の国としての模範的な姿を全世界に示せたときのこと――「白人アメリカ人であれ黒人アメリカ人であれ、いや、紫青緑何であれ、一つの同質にして完全な姿を世界に示すことを選び、決定し、守ればこそのこと」（Faulkner, *Essays* 223）――だと宣言した。海外からアメリカの同胞に向けて、個人の自由、平等、基本的人権、デモクラシー、資本主義といったアメリカ的価値観を称揚し、人種を超えた自由諸国の連帯を訴えたのである。

外遊から戻って数週間のフォークナーは、自由世界主義について一層熱心に語った。一一月一〇日、メンフィスにて開催された南部歴史協会第二一回年次大会において「アメリカの人種隔離と世界の危機」（“American Segregation and the World Crisis”）と題した講演を行ったのだ。彼はこのとき、特別セッション「人種隔離の判決」（“The Segregation Decisions”）における三名の著名登壇者の一人として登壇した。このセッションは、当時議論の的となっていたブラウン裁判について著名人が異なる立場から意見を出し合うという趣旨で編成されたものだった。最初にナッシュヴィルの白人弁護士セシル・シムズが、穏健保守の立場から、ドレッド・スコット、プレッシー対ファーガソン、それからブラウン対トピカ教育委員会における最高裁判所判決の要点について解説をした。次にマーティン・ルーサー・キング牧師の恩師であるモアハウス・カレッジ学長ベンジャミン・E・メイズが登壇し、バプティスト派の牧師らしく、道徳的倫理的観点から人種隔離の害悪について説いた（Bailey et al. 845–846）。最後にフォークナーが、統合推進派の立場から、南部の人種隔離制度を時代遅れなものとして批判した――「西暦一九五五年という現代において、世界のどこで生きようと、人種とか肌の色ゆえに平等に反対するということは、アラスカに住みながら雪に反対するようなものなのです」（Faulkner, *Essays* 146）。しかし、フォークナーの主張は、人種問題を迂回して、アメリカの自由世界主義から論じられた。世界を旅する人《グローブ・トロッター》としての彼の見立てでは、諸外国が共産主義にくみしないのは、アメリカが標榜する「個人の自由と自主と平等という信念」ゆえであり、この理念こそ唯一、「共産主義と戦う武器」である。だから理念を実践しよう、すなわち人種の不平等を是正しようと呼びかける。だが、このもってまわったレトリックは、人種の差異を無効化してしまうものでもある――「黒人とか白人とかピンク人とかブルー人とかグリーン人とかいうことではなくて、まだ今のところ自由であるものとして、自由であるすべての人々と連合するのです。もし我々が、個々の人間が自由でいられる、そうあり続けることができる世界を、あるいはその世界のほんの一部だけでも望むのなら、我々は連合し、結束しなければならないのです」（Faulkner, *Essays* 147）。人種を超えて自由主義のもと一致団結せよと説くフォークナーは、結果的に、黒人の地位向上や権利獲得のための闘争よりも共産主義の封じ込めのための闘争を、国内における人種の対立よりも世界における経済イデオロギーの対立を優先させている。

一九五五年のフォークナーの自由世界主義は、一九五六年六月刊行の文芸雑誌『ハーパーズ・マガジン』への寄稿エッセイ「恐怖について――苦悩する南部」（"On Fear—The South in Labor"）に結実する。このエッセイは、これまでの講演の、良く言えば集大成、悪く言えば寄せ集めである。ここでも人種統合の主張は、アメリカの世界自由主義と資本主義デモクラシーの称揚によってかすんでしまっている。ふたたびフォークナーは、「共産主義の理念を行き詰らせるに十分なほど強力な唯一の理念」である「個人としての人間の自由《フリーダム》、権利としての自由《リバティ》、そして平等の理念」の実践を説く。人種の不平等を不問に付したまま、人種ではなく自由主義のもと連帯をせよとの彼の主張――「黒人とか、白人、青やピンクや緑色など皮膚の色による連盟ではなく、今自由である人々として、今自由である他のすべての人々と連盟すべきだと思う」（Faulkner, *Essays* 102）――は、やがて、西洋の白人が「非白人」を導き教えるという、植民地主義的言説となる――「我々は、まだ完全に自由ではないが、自由になることを望み、そうなろうと意図している地球上のなるべく多くの非白人を、個人の自由に反対しているもう一つの勢力が彼をだまし味方につける前に、我々の仲間に入れるべきだと思う」（Faulkner, *Essays* 103）。そして、共産主義に対抗するための自由主義の連帯は、次のように温情主義的なものとなったあげく、人種統合の問題へと着地するのである。

我々、西洋の白人は、このような奴隷状態におけるささやかな平等を超えたかなたに個人の自由が存在すると確信しているのであり、まだ時間のゆとりがある間に非白人にこのことを教えなければならない。我々アメリカは、共産主義と一枚岩主義に対抗している最強の国としての勢力であり、白人にも非白人にも、奴隷であれ、（あとしばらくの間は）今自由である人々であれ、すべての民族にこのことを教えなければならない。我々アメリカは、ここ本国においてそれを始めることができるのだから最も素晴らしい機会に恵まれているのである。（Faulkner, *Essays* 103–104）

このように、フォークナーの人種統合への呼びかけは、自由世界主義と資本主義デモクラシーの称揚の影に隠れ、目立たないものとなってしまったのである。

以上のように、一九五五年のフォークナーは、冷戦の最前線において、南部が抱える人種問題について大いに語っていたのである。しかしながら、個人の自由と平等という理念を掲げ、アメリカの自由世界主義を称揚し、共産主義よりも先にその理想を実現すべきとする彼の姿勢は、アメリカ式の経済モデル「人民資本主義」――自由で民主主義的な資本主義――と同調するものである。アメリカの自由世界主義と資本主義デモクラシーを称揚する「人民資本主義」が、結果的に厄介な人種問題から人々の目をそらすことに役立ったように、フォークナーの人種統合の説得のレトリックも、結果的にそうであった。そして、フォークナーが時を同じくして執筆していたスノープス連作『町』と『館』にも、アメリカの理想の経済モデルを実践することによって人民の自由と幸福が実現されることが約束されている。

三　『町』と『館』――V・K・ラトリフの「人民資本主義」

「人民資本主義」が国内を席巻している中、フォークナーの『町』と『館』は執筆された。アジア・ヨーロッパの帰国後数カ月の一九五五年一二月には、スノープス三部作の二作目『町』の執筆に着手し、「人民と人民の交流計画」の委員長に就任した一九五六年の九月に『町』を完成させ、一一月から三作目『館』の執筆を開始した。『町』と『館』において中心的に語られるのは、銀行家フレム・スノープスとミシンの行商人V・K・ラトリフとの経済闘争である。二人の闘争は、異なる資本主義経済モデルの相克なのだ。「人民資本主義」というコンセプトとともに『町』と『館』を考察してみれば、フレムとラトリフがそれぞれ体現する資本主義の姿が明らかになるはずである。

フレムの資本主義は、弱者を搾取することによって富を独占する、廃れた前近代的なものである。『町』と『館』で描かれるフレムは、他者を陥れることも厭わず、血縁者であるミンクを切り捨て、妻ユーラの死すらも自身の野望のために犠牲にする。物語を通してフレムを特徴づけているのは、非道徳的で、無慈悲で、非人道的な拝金主義である。それは、白シャツに、「機械生産」(Faulkner, *The Hamlet* 58) の黒い蝶ネクタイという判で押したようなフレムの服装にもあらわれている。フレムの前近代性は、スノープス一族の出現とジェファソンが過去に犯したであろう罪とを関連づけるギャヴィン・スティーブンズの発言によって示される――「やつらは私たちのものなんだ。ジェファソンがいつの昔に何をしてこんな罰を背負い、こんな権利を物にし、こんな特権を獲得したんだか知らん。だが私たちはしちまったんだ」(Faulkner, *The Town* 102)。フレムが体現するものは、独占的な金融資産である。『館』の三人称の語り手は、フレムの葬儀の場面において、銀行家フレムを、南部の農本経済とは何のつながりももたない、ウォール街の「金融」「お金」に結びつける。「それに彼（その死人）は、兄弟からも、市民からも、軍隊からも援助されず、彼にあるのは財力だけだった。彼は、経済には――ヨクナパトーファ郡とミシシッピがその上につくられ、それによって動いている、棉にも家畜にもその他のどんなものにも――属さず、ただ金だけに属していたのだ」（Faulkner, *The Mansion* 419）。ここに示されているのは、まさにソ連のプロパガンダが作り上げたアメリカのイメージそのもの、ウォール・ストリートの一部の資本家が搾取の支配体制を敷く、古いタイプの独占的な資本主義である。フレムは、独占的で搾取的である旧式の資本主義を体現している。

フレムの手によって実現される社会の姿は、没個性と平等によって特徴づけられている。それは、最も家にあらわれている。たとえば、銀行の副頭取となったフレムの家には、成功を誇示する高価な家具でも家系に箔をつけるアンティーク家具でもなく、ライフスタイル誌『タウン&カントリー』の「アメリカの室内装飾」とキャプションがついた写真どおりであるかのような家具や食器類が並ぶ（Faulkner, *The Town* 221）。家具問屋のカタログは受注生産の独自モデルであることを謳うが、実際のところは没個性的な量産家具である――「本図ハ模写デモ再生デモアリマセン。皆様御銘々ノオ好ミニ応ジタ弊社ノ規格デゴザイマス」（Faulkner, *The Town* 221）。また、頭取に上り詰めたフレムは、分譲地「ユーラ団地」を創設する。「マッチ箱のような画一的な復員軍人住宅団地の一つ」（Faulkner, *The Mansion* 332）は、平等に没個性的なデザインである――「四角い生姜入りケーキや菓子パンみたいにどれも同一で（またそれと同じくらいもちのよい）、小さな、明るくペンキが塗られ、清潔なほど真新しい小屋」（Faulkner, *The Mansion* 332）。整然と並ぶ「画一的」で「同一」の家は、アメリカ的というよりもソ連的な住居といえるだろう。立身出世のアメリカン・ドリームを地で行くフレムが実現する世は、皮肉にも、社会主義的な社会により近いものなのである。

一方、ラトリフの資本主義は、民主主義的で多数の人々に恩恵をもたらす、進化した最新形態のものである。『町』と『館』で描かれるラトリフは、道徳的で、他者への思いやりをもち、ジェファソンの人々の幸福のために尽くす。ラトリフを特徴づけているのは、道徳的で、慈悲深く、人道的な民主主義である。それは、フレムとは対照的に、彼自身の「手製の」洗いざらしの青シャツ（Faulkner, *The Mansion* 168）というラトリフの独自の服装にもあらわれている。ラトリフの近代性は、次々に刷新される商品にあらわれている。アメリカが誇る家電製品をヨクナパトーファ中に売りまわるラトリフは、ACが謳うように、「平均的な人間に『良い生活』を達成しようとしている」（AC 1）。彼が売る大量生産品のミシンは、「合計三〇ドル」（Faulkner, *The Hamlet* 83）と決して安いものではないが、それを分割払いによって販売することにより、小作農民にも入手可能となっている。彼は、アメリカ的生活様式を南部の辺境地にまでもたらしているのである。大量生産の代名詞である「モデルT」を改良した彼のピックアップ・トラックは、さながら動く展示会だ。『館』の三人称の語り手によれば、デモンストレーション用の製品をしまう小さな模造ハウスの中身は、ミシンからラジオになり、さらにテレビになる――「そうなのだ、ラトリフは今ではラジオの販売もしており、見本用のミシンののっている、小型トラックのうしろの小さな模型の家の中にラジオも入れていた。そして、さらに二年たったら、その模型の家の屋根には模型のテレビのアンテナが取りつけられることだろう」（Faulkner, *The Mansion* 321）。ここに示されているのは、まさにACとUSIAが喧伝した「人民資本主義」そのもの、大多数の人々に恩恵を与える、新しいタイプの資本主義である。ラトリフの資本主義は、アメリカ的生活様式を多数にもたらす、最新の資本主義を体現している。

ラトリフの体現する資本主義が「人民資本主義」に他ならないことは、『町』において突然ラトリフに付け足されたロシア名「ウラジミール・キリリッチ」（Faulkner, *The Town* 322）が示している。リンダ・スノープスが暮らすニューヨークにおいて、ラトリフは、個人レベルの草の根外交をすることになる。ユダヤ人芸術家バートン・コールの個性的で前衛的な芸術作品を（Faulkner, *The Mansion* 172–173）、あるいはロシア系移民デザイナーのアラノーヴナの独特の抽象的な柄のネクタイを見せられたとき（Faulkner, *The Mansion* 176）、ラトリフはそれらを鑑賞する審美眼をもっている。彼は、文化や出自や民族の差異を超えて、人民と人民の交流を成功させている。そして、このラトリフによる人民との交流が、民主主義的な政治とも直結していることは、『館』においてラトリフが見事に追い落とすクラレンス・スノープスの挿話に表明されている。「人民による」と題して一九五五年一〇月に女性ファッション誌『マドモアゼル』に短編小説として発表され、『館』に組み込まれた本挿話には、人民の主権のもとにある民主主義的な政治を、私的資本主義に最も忠実な登場人物であるラトリフが、文字どおり草の根レベルで実現することがユーモラスに示されている。ロシア的な名前をもつラトリフは、リンダやコールが共産主義や人民戦線によって是正したいと願いながらも果たせない大多数の幸福を、ヨクナパトーファに資本主義デモクラシーをもたらすことでむしろ達成しているといえるのである。

ラトリフの手によって実現される社会の姿は、個人主義とデモクラシーによって特徴づけられている。それは、最も家にあらわれている。独身者であるラトリフの家は、家電製品を使いこなす彼一人によって、「非の打ちどころのない」状態に保たれている。そして、彼の家の「ユーラ・ヴァーナー部屋」には、アラノーヴナのネクタイとコールの彫刻が飾られている（Faulkner, *The Mansion* 231）。豊かで快適なアメリカ的生活様式と芸術を解する彼の審美性が共存する室内装飾は、アメリカの資本主義デモクラシーの空間なのである。

スノープス物語の最終作『館』の結末では、奇しくもウォールストリート・パニック・スノープスという名をもつ人物のビジネスに、「人民資本主義」が実現されている。ウォールは、スノープス一族でありながらスノープスではない、「非スノープス一家の非スノープスの息子」（Faulkner, *The Town* 143）である。スノープシズムから突然変異として生まれでたかのような彼は、誠実で勤勉な方法でアメリカン・ドリームを実現する人物——

「正直と勤勉だけで産を成す青年」(Faulkner, *The Town* 146)——なのだ。食料品店の配達員から食料卸売の連鎖店をもつまでに成功する彼の立身出世は、フレムのそれともパラレルである。だが、「もともと本物のスノープスじゃあなかった」ウォールのビジネスは、「少しのごまかしもない品物を少しのごまかしもない値段でみんなに売ろうという、きわめてスノープスらしからぬやり方」(Faulkner, *The Mansion* 153)で経営されている。彼が体現する資本主義は、スノープシズムへのアンチテーゼとして提示されているのである。

ウォールのビジネスは、大多数に恩恵があるものとして提示されている。まさに「人民の、人民による、人民のための資本主義」(AC 6)を提供するものなのだ。「ジェファソンで今までなかった最初のセルフ・サーヴィス式の食料品店を開いた……駐車場を作り、ジェファソンの主婦たちに町へ出て来て彼の格安品を探し、自分で家へ持ち帰ることを教えた」(Faulkner, *The Town* 148–149)。この近代的な資本主義のもとでは市民が独立した資本家となる。ラトリフは個人的にウォールのビジネスに出資したために「共同経営者」となっており、彼らのビジネスには、ギャヴィン・スティーヴンスまでもが投資したいというほどなのである——「きみはまだ株を売り出しているのかい？　私も入れるのかい？」(Faulkner, *The Town* 149)。ウォールによる卸売り食料品店は、「むしろ商売全体の助け」(Faulkner, *The Town* 150)となり、適正価格と高品質によって人々の日々の暮らしに豊かさを提供する。ジェネラル・エレクトリック社による「人民資本主義」の宣伝記事が説明したように、「責任と恩恵を共有」し、「すべての市民が資本家」となり、「利益が大多数に分配される」(General Electric, Advertisement, *Time*, June 18, 1956)のだ。そして、ラトリフ同様、ウォールは、資本主義デモクラシーとアメリカ的生活様式を南部の辺境地に広める。たとえば、『館』の三人称の語り手は、フレムの葬儀に参列した彼を次のように形容する。

この人はスノープス一族のように振舞わなかったばかりか、顔も似ておらず、信じられないほどやさしく若々しい赤味がかった青色の眼以外は黒っぽい、背の高い人で、彼は横丁の食料品店の配達小僧をしながら、自分ばかりか弟のアドミラル・ドューイの面倒までみて学校をおえさせ、そのあと郡じゅうを相手にする食料品の卸問屋をジェファソンにこしらえ、今では家族と一緒にメンフィスに移り、ミシシッピとテネシーとアーカンソーの半分にわたる食料品の卸しの連鎖店を持っていた。(Faulkner, *The Mansion* 420)

スノープス一族の異分子である彼は、いわば「平和で民主主義的な革命」を経て、独占的で搾取的なスノープシズムとは全く異なる個人株主と利益分配による民主主義的な資本主義経済モデル――「少数ではなく多数に利益分配されるシステム」(Fine, Harris, and Sanford, Jr. 600)――を作り上げたのだ。スノープス三部作の結末におけるヨクナパトーファには、一九五六年、再選をはたしたアイゼンハワー大統領の選挙スローガン「平和、進歩、繁栄」が約束されている。

おわりに

以上、本章では、一九五五年から一九五六年にかけてのＡＣとＵＳＩＡの運動「人民資本主義」、フォークナーの人種統合の説得のレトリックにおける自由世界主義と資本主義デモクラシー、時を同じくして執筆していた『町』と『館』において描かれる経済モデルについて論じてきた。「人民資本主義」は、フォークナーの言説と創作の両方に影響を及ぼしていたのである。

人種問題にゆれる時代、アメリカは、民主主義的な資本主義を世界にむけて売り込み、自由世界の同盟国の輪を広げるとともに、グローバルな自由市場を開拓していた。ノーベル賞受賞作家として世界を旅していたフォークナーも、その姿勢に同調していたのだろう。そして、その方向性が約束するものは、フォークナーのお気に入りとされる登場人物、抜け目のない商人ラトリフに体現されている。フォークナーにとってラトリフとは、「変化」であり「運動」である。ヴァージニア大学での質疑応答にて、フォークナーはラトリフの特性について次のように述べた——「彼は、文化における変化、環境における変化を受け入れたのです。そして彼は、それに対して苦悩も悲嘆も感じません。それは、その理由は、彼は変化を好むからです、なぜならそれは運動であり、それは彼の知っている世界のあり方だからです」(Faulkner, *Faulkner in the University* 253)。一九五五年のフォークナーも、「文化における変化、環境における変化を受け入れた」のだろう。『町』において、ギャヴィンが進む道が「ジェファソンと世界をつなぐ」(Faulkner, *The Town* 315) ように、フォークナーが生きた南部の町もまた世界と通じていたのである。

〈付記〉 *The Hamlet*, *The Town*, *The Mansion*, *Essays* からの引用の日本語訳は、田中久男訳『村』(冨山房、一九八三年)、速川浩訳『町』(冨山房、一九六九年)、高橋正雄訳『館』(冨山房、一九六七年)、藤平育子・林文代他訳『随筆・演説他』(冨山房、一九九五年) を参照した。

引用文献

AC. "People's Capitalism: The Background—How and Why the Project Was Developed." Foundation for Economic Education, history.fee.org/media/2686/1234-peoples-capitalism.pdf.
Associated Students of Montana State University. "The Montana Kaimin, April 20, 1955." *Montana Kaimin, 1898–present*. 3104. scholarworks.umt.edu/studentnewspaper/3104. Accessed 26 Jan. 2021.
Bailey, Fred A, Thomas D. Clark, John Hope Franklin and Anne Firor Scott. "The Southern Historical Association and the

Quest for Racial Justice, 1954–1963 [with Comments].” *The Journal of Southern History*, vol. 71, no. 4, 2005, pp. 833–864.
Belmonte, Laura A. *Selling the American Way: US Propaganda and the Cold War*. U of Pennsylvania P, 2008.
Cull, Nicholas J. *The Cold War and the United States Information Agency: American Propaganda and Public Diplomacy, 1945–1989*. Cambridge UP, 2008.
Faulkner, William. *Essays, Speeches & Public Letters*. 2nd ed., edited by James B. Meriwether, Modern Library, 2004.
———. *Faulkner in the University*, edited by Frederick L. Gwynn and Joseph L. Blotner. 1959. UP of Virginia, 1995.
———. *The Hamlet*. Vintage, 1991.
———. *The Mansion*. Vintage, 1961.
———. *The Town*. Vintage, 1965.
General Electric. Advertisement for “People's Capitalism.” *Time*, June 18, 1956.
———. Advertisement for “People's Capitalism.” *Time*, May 13, 1957; *Fortune*, June 1957.
Hewlett, Richard G. and Jack M. Holl. *Atoms for Peace and War, 1953–1961: Eisenhower and the Atomic Energy Commission*. U of California P, 1989.
Howe, Russell Warren. “A Talk with William Faulkner.” *The Reporter*, March 22, 1956, pp. 18–20.
Matthews, John T. “Many Mansions: Faulkner's Cold War Conflicts.” *Global Faulkner: Faulkner and Yoknapatawpha, 2006*, edited by Annette Trefzer and Ann J. Abadie, UP of Mississippi, 2009, pp. 3–23.
Osgood, Kenneth. *Total Cold War: Eisenhower's Secret Propaganda Battle at Home and Abroad*. Kansas UP, 2008.
Potter, David M. *The American Round Table: Discussions on People's Capitalism*. AC, 1957.
United States, 511.00/7–2354. “The President to the President of the Senate.” *Foreign Relations of the United States, 1952–1954, National Security Affairs*, vol. II, part 2, edited by Lisle A. Rose and Neal H. Petersen, Government Printing Office, 1984, document 365.
United States, NSC 5720. “Status of United States Programs.” *Foreign Relations of the United States, 1955–1957, Foreign*

Economic Policy; Foreign Information Program, Vol. IX, edited by Herbert A. Fine, Ruth Harris and William F. Sanford, Jr., Government Printing Office, 1987, document 207.

United States, USIA. *6th Report to Congress: January 1–June 30, 1956*. Government Printing Office, 1956.

Wall, Wendy L. *Inventing the "American Way": The Politics of Consensus from the New Deal to the Civil Rights Movement*. Oxford UP, 2008.

Williamson, Joel. *Faulkner and Southern History*. Oxford UP, 1995.

第二章　『プラウド・ヴァレー』と人種を超えた連帯の夢

――ポール・ロブスンとウェールズ労働運動――

三宅　美千代

はじめに

一九三〇年代のイギリス映画産業はハリウッドをつねに意識しつつ、それに対抗できるような国産映画の生産を目指していた。同時代の社会問題を扱った作品で、ハリウッドが成功を収めたことに刺激されて、英国内の同様の題材を取り上げた映画を制作するという気運が高まった(1)。当時、グレイシー・フィールズやジョージ・フォームビーなどの労働者階級出身のスターを配した、軽妙なコメディー映画が大衆の人気を集めるという形で、イギリス映画のなかに階級の主題はすでに包摂されていたが、世界恐慌による失業者の増加や、ファシズムの台頭をはじめとする時代の状況を踏まえて、労働者階級の人びとの暮らしを写実的に描いた、よりシリアスな作品が求められていた。その期待に応えるかのごとく、英国の労働者を象徴する存在である炭坑夫の生活を描き、同様の作品が立て続けに生まれるきっかけを作ったのが『シタデル』(*The Citadel*, 1938) である。A・J・クローニンの同名小説の映画化で、ウェールズの炭鉱地帯で貧しい炭坑夫たちの治療にあたる医師の物語だが、ハリウッドのキング・ヴィダーが監督を務め、ロンドン郊外のスタジオで撮影された。そして、この作品の成功に続いて、キャロル・リード監督の『スターズ・ルック・ダウン』（*The Stars Look Down*, 1940）が、やはりクローニンの小説を原作に、イングランド北東部の炭鉱町の人間模様を描いた。炭坑夫の息子で教師となったデイヴィッド・フェンウィック（マイケル・レッドグレイヴ）を主人公に据えた作品で、炭鉱主と炭坑夫の対立、ストライキや組合活動にも大胆に言及しており、事故の危険と隣り合わせで働く炭鉱労働者への讃歌ともいうべき趣を備えている。

一九四〇年に封切られたポール・ロブスン主演の『プラウド・ヴァレー』（*The Proud Valley*）は、炭鉱地帯の人びとの生活がイギリス映画独自の主題として注目を集めはじめた、このような時代の潮流のなかに位置づけられる。冒頭の場面で、近くの炭鉱で黒人が雇われていたという事実を、ロブスン演じるアフリカ系アメリカ人の元船員デイヴィッド・ゴライアスに知らせるバートの役に、『スターズ・ルック・ダウン』で主人公の父親として味わい深い演技をみせたエドワード・リグビーが起用されており、二つの映画の連続性を印象づける。一方で、本作が先行する二つの作品と大きく異なるのは、人種という視点が盛り込まれていること、そして、ウェールズで盛んな合唱活動が物語の中心に据えられていることだ。デイヴィッドがカーディフで船を降りて、炭鉱の仕事を探しにウェールズの小さな炭鉱町ブランディにやってくるところから物語ははじまる。歌好きな男で、合唱団長のディック・パリー（エドワード・チャンプマン）が彼の歌声に惚れ込んだことから、パリー家の下宿人になり、炭鉱で働きながら合唱団に参加して、合唱祭「アイステズヴォッド」に出場することになる。主演舞台『オセロー』の成功により、イギリスでスターの地位を確立したロブスンの歌声の魅力を前面に押し出した作品で、イーリング・スタジオの音楽監督アーネスト・アーヴィングが編曲したウェールズの讃美歌やフォークソングを歌う、ロブスンのバリトンと合唱のハーモニーが見どころになっている。

炭鉱と人種という、当時のイギリス映画としては異色の主題の組み合わせを可能にしたのは、一つには、ロブスン自身のウェールズとの関わりである。(2) 一九二九年にミュージカル『ショウボート』に出演していた頃、ロブスンはマチネ公演からの帰宅中に、南ウェールズの炭鉱地帯ロンダ・ヴァレーから徒歩でやってきた炭坑夫たちが、ロンドンの街頭で二六年のゼネスト後の窮状を訴える場面に出くわした（Boyle 373; Duberman 365）。これは飢餓行進《ハンガー・マーチ》と呼ばれる社会的抗議の方法で、第一次世界大戦後の英国の景気後退にともない、二〇年代から三〇年代にかけて盛んに行なわれた。失業率の高い地方都市から、労働者の集団が徒歩でロンドンまでやってきて、国会や関連組織の建物の前で抗議活動を行なうというものである。このときロンダ・ヴァレーからやってきた炭坑夫たちは、炭鉱経営者のブラックリストのせいでゼネスト参加者が雇い入れを拒まれていること、低賃金や劣悪な労働条件などについて訴え、その見事な歌声を披露した。その場にたまたま居合わせたロブスンがとっさに彼らの合唱に加わり、路上で一緒に歌ったことがきっかけで、ロブスンとウェールズの労働運動関係者の交流がはじまり、彼はやがて「ウェールズの炭坑夫たちとの付き合いから、黒人と白人が共に闘うことの意味を初めて理解した」と語るようになる（Naison 181）。この出来事は、完成した映画のなかでは、デイヴィッドを含む、四名の炭坑夫が、危険であるとの理由で閉鎖された坑道の再開を訴えるために、ロンドンに徒歩で向かうという場面において部分的に再現されている。

また、『プラウド・ヴァレー』には、人民戦線的な価値観をもつ社会主義者や共産主義者、急進的な独立映画系の人脈が多く関わっており、このような主題の選択は彼らの影響によるところも大きい。とくに、脚本の原案を執筆したハーバート・マーシャルと、彼の妻でポーランド出身の彫刻家のフレッダ・ブリリアントは三〇年代のモスクワで暮らした経験があり、階級問題を扱った作品に人種の視点をもち込むという本作のアプローチは、二〇年代から三〇年代の国際共産主義運動の動向、とくに共産主義インターナショナル（コミンテルン）が黒人解放運動を継続的に支援していたことを踏襲していると考えられる。また、仕事を探しながら世界を移動している男というデイヴィッド・ゴライアス役の設定は、石炭の輸出港であるカーディフに、船舶や港湾での働き口を求めて、カリブやアフリカの植民地諸国を含む、世界中から黒人労働者が集まっていた事実を下敷きにしている。後述するように、当時、コミンテルンと連携して活動していた黒人解放運動家や、反帝国・反植民地主義を訴えるパン・アフリカ主義者は、まさにデイヴィッドのような移動労働者たちを組合に勧誘して、世界の黒人労働者を組織することを目指していた。

しかし、第二次世界大戦の開始と、その直前に映画の検閲が強化されたことで、『プラウド・ヴァレー』の政治的なメッセージは大幅な妥協を強いられることになった。本章でみていくように、この作品固有のものである人種という主題は、戦時ナショナリズムや反ナチズムのイデオロギーが強化されるにつれ、次第に不可視化されていく。黒人や炭鉱労働者をリアルに描いたという点で、同時代の批評家の意見は好意的だったが、作品全体の出来としては、先行して公開された『スターズ・ルック・ダウン』に遠く及ばないと評価された。『ニュー・ステイツマン』の評者は、炭鉱町の人びとの生活や人種問題の取り扱いが不十分であることに失望をあらわにし、『レイノルズ・ニュース』の評者は、危険だという理由で閉鎖された坑道の再開を、炭坑夫たちがロンドンまで出向いて炭鉱主に頼みに行くという筋書きは馬鹿げていると考えた（Berry 169）。また、『スペクテイター』に映画評を連載していたグレアム・グリーンは、本作が炭鉱映画の基準を打ち立てた『スターズ・ルック・ダウン』のあとに公開されたのは「運が悪かった」と述べ、炭鉱事故で仲間のために一人犠牲になるデイヴィッドは「黒人のポリアンナ」のようで、ロブスンの「過剰に感傷的な楽観主義は少し不快だった」と評した（Greene 17）。

本章では、戦間期の左派政治運動の力学のなかに『プラウド・ヴァレー』を位置づけ直すことを目指す。同時代の左派政治運動の動向や、制作関係者たちのプロフィール、さらに三〇年代のイギリス映画の検閲事情を踏まえたうえで本作を見直すと、この映画に人種という視点が導入されるにあたって、同時代のコミンテルンと黒人解放運動の関係が大きな影響を与えていることがわかるが、批評家たちはそのことに十分に注意を払ってこなかった。そして、検閲を危惧したプロデューサーの介入により、人種を超えた労働者の連帯というマルクス主義的な理想は十分に追求されることなく、戦争時における国民統合と共同体の一体感にすり替えられたことを明らかにしていく。

一　コミンテルンと黒人解放運動

第一次世界大戦後の約一五年間は、マルクス主義と黒人解放運動の蜜月とも言える時代だった。[3] 一九一九年に発足した共産主義インターナショナル（コミンテルン）は、マルクスとエンゲルスが指摘した資本主義経済と奴隷制や植民地収奪の問題を「ニグロ問題」として先鋭化し、プロレタリア革命を世界に波及させるためには、被抑圧的立場にある民族や植民地の黒人労働者を含む、国際的な労働者の連帯、人種問題の解決が不可欠であるとの立場から、反帝国主義、反植民地主義、反人種主義を掲げ、アフリカ大陸出身者とアフリカン・ディアスポラの解放のために尽力することを宣言した。このようなコミンテルンの動きは、マーカス・ガーヴィの万国黒人地位改善協会（ＵＮＩＡ）や、全米黒人地位向上協会（ＮＡＡＣＰ）の創立メンバーの一人であるＷ・Ｅ・Ｂ・デュボイスのパン・アフリカ会議をはじめとする、二〇世紀初めの世界的な黒人運動の展開とも呼応したものであり、同時代の多くの黒人活動家や知識人たちが、コミンテルンの主張に意義を見出し、国際共産主義運動と連携して活動するようになった。[4] 戦間期のコミンテルンは「反人種主義的な綱領を採択し、世界における政治的かつ人種的秩序の革命的変革に正式に取り組んだ、唯一の白人主導の国際運動だった」のであり、この時期の黒人運動が国際主義的なものとして展開されるうえで中心的な役割を果たした（Adi 155）。

第二回（一九二〇年）から第七回（一九三五年）までのコミンテルンの大会で、この問題は継続的に議論されたが、とくに「ニグロ問題についてのテーゼ」が採択された第四回大会（一九二二年）と、世界恐慌前夜に開かれた第六回大会（一九二八年）において、この問題は多くの関心を集めた。ジャマイカ出身の詩人・小説家で、ハーレム・ルネサンスの中心人物でもあるクロード・マッケイは、二二年にモスクワを訪問し、第四回大会で非党員として発言する機会を得て、合衆国の黒人差別やリンチの問題について、階級闘争の視点から論じた（McKay 157）。この大会で採択された「ニグロ問題についてのテーゼ」は、黒人の国際主義的闘争を、資本主義と帝国主義に対する闘いとして位置づけ、有色人種の国際的な組織化が重要であるとの見方を示した。この決定を受けて、コミンテルンは黒人委員会を設置して、黒人労働者の党への勧誘と組織化のための体制を整えたほか、その後も、世界反植民地会議（一九二七年）をブリュッセルで主催するなど、「ニグロ問題」に一貫して取り組む姿勢をみせた。

このようなコミンテルンの姿勢を、合衆国のハーレム・ルネサンスの知識人や文化人も歓迎し、この時期、革命後のロシアに対する関心と共感が高まった。彼らはソ連をマイノリティ文化が調和的に共存する多元的国家の成功例とみなして、その少数民族政策や人種政策を褒め称え、スターリンの暴走に対しては判断を留保する傾向にあった（Maxwell 163-164）。例えば、ニュー・ニグロ運動の仕掛け人で、ハーレム・ルネサンスのアンソロジーの編者として知られるアレイン・ロックは共産党主催の集会にしばしば参加して、ソ連の人種問題の解決法を支持する姿勢をみせた。デュボイスは二六年にロシアの四つの都市を訪れて、教育施設、工場、印刷所、政府機関、宮殿、美術館、図書館、劇場や映画館などを見学した。帰国後、彼はNAACPの機関誌『クライシス』に寄せた文章のなかで、「政治犯、秘密警察、地下プロパガンダのことは何も知らない」し、「私のロシア語の知識は中途半端なもので（中略）この広大な土地のほんの一部を旅したに過ぎない」としたうえで、ソヴィエトの現状に肯定的な印象を抱いたと吐露している――「少し騙されているか、情報が不十分なのかもしれない。しかし、私がロシアで自分の眼と耳で見聞きしたものがボルシェビズムだとするならば、私はボルシェビキである」(Du Bois 582)。また、時代はやや下るが、三二年に詩人のラングストン・ヒューズは、アフリカ系アメリカ人の映画関係者たちとともにロシアに滞在したあと、現在のウズベキスタンのタシケント、サマルカンド、ブハラ、現在のトルクメニスタンのアシガバートなど、当時ソ連の支配下にあった中央アジアの地域を見学している。

そして、レーニンの死後、スターリン体制に移行したコミンテルンが、世界は経済・政治的危機の新しい時代に入り、戦争の可能性が高まり、帝国主義列強と植民地での革命闘争が激化するという見立てに基づいて、新たな極左的路線を採用しつつある時期に開催されたのが第六回大会（一九二八年）である（Adi 162–163）。経済恐慌と労働者階級の政治的急進化に備えて、コミンテルンは階級闘争による革命の実現をめざすという方針をより明確に打ち出すようになっていたが、それに応じて、この大会では「黒人労働者」の存在が強調され、彼らを労働組合に積極的に勧誘すること、彼らにプロレタリアートとしての階級意識の形成を促すための教育が必要であることが確認された。さらにこの大会には、南アフリカの労働組合主義者ジェームズ・ラ・グーマ、のちに米共産党の副大統領候補となるジェームズ・W・フォード、当時、モスクワに留学中だったアメリカ人活動家ハリー・ヘイウッドなどが代表として出席し、彼らは黒人問題に関する議論に積極的に参加して、合衆国と南アフリカにおける黒人の自決と統治権、独立の自由に関する二つの決議――「ブラック・ベルト」と「ネイティヴ・リパブリック」のテーゼの起草と提唱に主導的な役割を果たした。

この大会の決議を受けて、コミンテルンは二八年にニグロ労働者国際労働組合委員会（ＩＴＵＣＮＷ）を創設する。ジェームズ・W・フォードがその初代委員長に就任し、ＩＴＵＣＮＷは赤色労働組合インターナショナル（プロフィンテルン）の一部として、世界の黒人労働者を組織するという役目を与えられた。そして、ＩＴＵＣＮ

Wの主催で、第一回黒人労働者国際会議（一九三〇年）がドイツのハンブルクで開催された。この会議には合衆国、ジャマイカ、トリニダード、ナイジェリア、ゴールドコースト、南アフリカなどの労働組合の代表が集結し、参加者のなかにはシエラレオネのI・T・A・ウォレス＝ジョンソンやケニアのジョモ・ケニヤッタなど、のちに反帝国・反植民地運動で頭角をあらわす人物も含まれていた。この会議では、当時のコミンテルンの路線に沿って、労働者としての階級意識を基盤とする人種意識の育成という方針が再確認され、世界各国における労働組合の設立を支援するための新しい執行委員会が選出された。トリニダード出身のジョージ・パドモアはこの国際会議のあと、ITUCNWの委員長に選ばれ、三三年までハンブルグで機関紙『ニグロ・ワーカー』の編集に携わった。同紙は英仏米などの帝国主義勢力を黒人労働者の主敵と名指して、アフリカ、合衆国、カリブ海、南米、ヨーロッパにおける黒人労働者の闘争を記録した。

世界経済の破綻、ファシズムの台頭、次の世界戦争の予兆など、刻々と変化する世界情勢のなか、このようにコミンテルンはその都度、戦略の軌道修正を行なったが、三三年のヒトラーの政権掌握後、ファシズムという共通の敵に対して、社会民主主義者やブルジョワ自由主義者などとも協力して、左派陣営各派で幅広い共同戦線を構築する必要があるという判断を下す。第七回大会（一九三五年）で、コミンテルンは反ファシズム人民戦線を形成することを採択し、ソ連は英仏との関係改善を図った。この方針変更は、パドモアをはじめとするパン・アフリカ主義者たちにとって、ファシズムに対抗するために帝国主義列強と手を結ぶこと、反帝国主義の綱領を犠牲にすることを意味した。それは、すなわち「ニグロ問題」の留保と同義であった（中村　四五頁）。それを機に、パドモアはコミンテルン批判を強め、三四年に党から除名処分を受ける。その後、彼はC・L・Rジェームズらとロンドンで合流して、エチオピア支援運動を立ち上げるなど、独自の運動を組織することになる。

二　ロブスンとソヴィエト連邦

前節で述べたように、労働者の連帯と人種差別の撤廃をめざした国際共産主義運動のイデオロギーは、大戦間期の多くのアフリカ系アメリカ人を惹きつけた。米国共産党の関係者以外にも、デュボイスをはじめとするNAACPのメンバーや、クロード・マッケイとラングストン・ヒューズをはじめとするハーレム・ルネサンスの文学者たちもモスクワを訪問するなど、ソヴィエト連邦の人種問題に対するアプローチは人びとの関心を集めていた。三〇年代以降のポール・ロブスンのソ連への傾倒は、このような時代の潮流のなかに位置づけられるが、同時に、ロブスン夫妻は当時、ロンドンに生活の拠点を置いていたため、反帝国・反植民地主義の立場から国際共産主義運動と連携する、カリブやアフリカの植民地出身者の運動とも接点があった。ポールとエスランダが英国に拠点を移した二八年は、レーニンの死後、スターリン体制に移行したコミンテルンが、経済恐慌と労働者階級の政治的急進化を見越して、極左主義的な方針を打ち出した第六回大会の年にあたる。ロブスンは帝都ロンドンで、世界各地から集まったアフリカン・ディアポスポラと出会い、「アフリカ人」としてのアイデンティティを自覚するようになっていたが、そこで知り合った人物のなかには、ガーナのクワメ・エンクルマ、インドのジャワハルラール・ネルー、インド系移民出身の英国国会議員シャプルジ・サクラヴァーラ、ITUCNW主催の第一回黒人労働者国際会議に出席したケニアのジョモ・ケニヤッタ、パドモアと同郷のトリニダード出身で幼なじみでもあるC・L・Rジェームズといった社会主義者、共産主義者、反植民地運動の指導者が含まれている。(5) 彼らとの交流を通して、ロブスンは階級闘争という視点から、黒人の権利やアフリカ系人の問題をとらえるようになり、国際共産主義運動やソ連への関心を深めていった。彼は共産党員ではなかったが、革命後のロシアを支持する立場を公言するようになり、ソ連共産党の機関紙『プラウダ』と日刊紙『イズベスチア』を購読して、三二年頃からロシア語を学びはじめる（Foner 94）。

ロブスンがロシアを初めて訪れたのは三四年一二月、映画監督セルゲイ・エイゼンシュテインと一緒に映画を作るという計画の打ち合わせのためだった（Boyle 315）。『戦艦ポチョムキン』での大胆なモンタージュ技法で、革命後のソヴィエト映画界の寵児となったエイゼンシュテインは、ハイチ革命を題材にしたジョン・W・ヴァンダークックのベストセラー『ブラック・マジェスティ』（*Black Majesty*, 1928）を映画化する計画を立てており、独立運動の指導者トゥーサン・ルーヴェルチュール役にロブスンを起用したいと考えていた。ベルリン経由でモスクワに到着したロブスンを駅のホームで出迎えたのは、エイゼンシュテインとフィラデルフィア出身の黒人俳優ウェイランド・ラッド、通訳を務めたハーバート・マーシャルなどからなる一行であり、これが『プラウド・ヴァレー』の脚本の原案者と主演俳優の最初の出会いとなった。結局、エイゼンシュテインはこの作品の制作許可を確保できず、ロシア映画の名手と黒人スターのコラボレーションの企画は実現しなかったが、むしろ、ロブスンにとってのこの旅の収穫の一つは、当時、全ソ国立映画大学に留学中だったマーシャルと知り合ったことだった。

ロンドン・イーストエンド地区のレンガ職人の息子で、赤毛でコックニー訛りのあるマーシャルは、前衛映画研究会「フィルム・ギルド・オブ・ロンドン」のメンバーだったが、二八年に独シュトゥットガルトで開催された「国際前衛映画・写真会議」にて、モホリ＝ナギやマン・レイ、ハンス・リヒターなどとともに登壇した、ロシアの映画作家ジガ・ヴェルトフのモンタージュ理論とシネマ・ヴェリテに感銘を受け、それらを英語圏に初めて紹介した人物である（Marshall）。その後、モスクワに留学し、エイゼンシュテイン、フセヴォロド・プドフキン、オレクサンドル・ドヴジェンコ、ヴェルトフをはじめとする映画作家たちと個人的な親交をもった。スターーリンが芸術に対する弾圧を強めると、彼は三七年に妻のフレッダ・ブリリアントとともにロンドンに戻り、ソ連映画の上映促進に関わったほか、社会主義演劇グループ「ユニティー・シアター」のプロデューサーを務めた（Chambers 134）。ユニティー・シアターは大工や塗装工などの職をもつ、アマチュアの役者たちからなる劇団で、参加者には共産主義者が多かった。スター制度を廃して、出演者を匿名で平等に扱うなど、上流階級の娯楽としての演劇のシステムに抗うことを目指したが、マーシャルはそこでマヤコフスキーの詩を朗読したり、ソヴィエトの演出家スタニスラフスキーが考案した俳優教育法を伝授したり、モスクワで学んだ演劇理論に基づいて作品を演出した。

この劇団の意図と目的に共感して、ロブスンは三七年の劇場移転時のオープニング・セレモニーで歌を披露したほか、ウェスト・エンドの劇場での主演のオファーを断って、マーシャルが演出を手がける、ニューヨークの製菓工場労働者の座り込みストライキについての作品『プラント・イン・ザ・サン』（*Plant in the Sun*, 1937）に出演した（Boyle 390–395; Chambers 151）。折しも英国生活のなかで、彼は自らの芸術の庇護者である上流階級の人びとよりも、生産現場で働く労働者階級の人びとに共感を覚えるようになり、ロンドンの有名なコンサート・ホールやサロンよりも、庶民の娯楽施設であるミュージック・ホールや映画館で、イングランド、アイルランド、ウェールズ、スコットランドのフォークソングをレパートリーに入れて演奏することを好むようになっていた（Boyle 320–321）。ユニティー・シアターとの継続的な関わりは、政治的信条を裏切らない形での表現活動の可能性を模索していたロブスンにとって、願ってもない機会となった。

ロブスンが初めてのロシア訪問を終えて、ソ連への傾倒を深めるのが三三年のヒトラーの政権掌握後であるという点は、同時代の左派政治と彼の関係を見極めるうえで重要だ。前節で述べたように、ナチスの台頭にともない、コミンテルンが方向転換して、反ファシズム人民戦線を結成するのと時を同じくして、パドモアをはじめとするパン・アフリカ主義者たちはモスクワと袂を分かちはじめるからである。同時に、イギリス国内では、ファシズムに対するコミンテルンの一貫した態度——スペイン内戦に英仏が不干渉政策をとったのに対し、ロシアは唯一、共和国と民主主義を支持し、ナチスを一貫して拒否する姿勢を示した——が新たな共産党支持者を生み出していた。オズワルド・モズレー率いるイギリス・ファシスト連合の登場も、それを後押ししたと言えるだろう。

三〇年代半ば以降のロブスンは、コミンテルンから独立した運動を立ち上げたパン・アフリカ主義者たちよりも、ファシズムの脅威から自由と民主主義の価値観を守るという、この反ファシズム人民戦線の賛同者たちと行動をともにする機会が多かった。三七年にロンドンで開かれた「スペイン難民の子どもたちのための全国共同委員会」主催の国際会議には、共産主義者、社会主義者、労働党員、保守党支持者からなる超党派の人びとが賛同し、詩人のW・H・オーデンやスティーヴン・スペンダー、アイルランドの劇作家ショーン・オケーシー、作家のH・G・ウェルズやレベッカ・ウェスト、ヴァージニア・ウルフなどの著名人も支持を表明したが、ロブスンは滞在先のモスクワから歌とメッセージを放送することになっていた。ところが、会場となるロイヤル・アルバート・ホールの保守系の評議員がその計画に反対したため、ロブスンはロンドンに急遽戻って直接登壇し、このイベントは大成功を収めた（Berry 169）。このほかにも、スペイン内戦関連のさまざまな資金集めの集会や催しに幾度も招かれて、彼は歌を披露したりメッセージを送ったりしている。また、ロブスンと関わりの深い南ウェールズは、元来、共産党が労働党を凌ぐ勢力をもつ、急進的な組合運動の盛んな土地として知られ、共産党系の国際旅団にも参加者を多く輩出した。三九年に『プラウド・ヴァァレー』の撮影がはじまったのと並行して、スペイン内戦戦死者の追悼集会に出席するために、ロブスンは南ウェールズに繰り返し足を運んでいる（Boyle 396–397）。

三　『プラウド・ヴァレー』――ナショナリズムと人種の相反関係

主演のロブスンと脚本原案者のハーバート・マーシャルのほかにも、『プラウド・ヴァレー』の制作者には、人民戦線系の価値観をもった人物が多く名を連ねている。監督のペン・テニスンは、ヴィクトリア朝の桂冠詩人アルフレッド・テニスンのひ孫で、イーリング・スタジオの所長であるマイケル・バルコン（本作のプロデューサーでもある）の庇護を受けて、映画制作の道に入り、ヒッチコックの助監督を務めた経験をもつが、桂冠詩人の血筋としてはかなり急進的な思想の持ち主だった（Berry 167; Carter 40–41）。ノッティングヒルの貧民街を舞台に、労働者階級のボクサーの生活を描いた作品『ゼア・エイント・ノー・ジャスティス』（*There Ain't No Justice*, 1939）で監督としてデビューし、新進気鋭の映画作家として期待されていたが、『プラウド・ヴァレー』を含む、三本の監督作品を残して、第二次世界大戦に従軍し、二九歳の若さで戦死した。映画産業の労働組合運動にも積極的に参加し、映画技術者協会（ＡＣＴ）の立ち上げに尽力したことが知られており、生前に書いた手紙が、労働組合誌上で死後出版されたところによると、彼は映画産業の国営化を強く主張していたという（Freeman 73）。

マーシャルとフレッダ・ブリリアントが南ウェールズの炭鉱地帯で行なったインタヴュー調査をもとに執筆した脚本の原案を、最終的な脚本の形に完成させたのは、ウェールズ出身の小説家ジャック・ジョーンズと、マンチェスター出身のユダヤ系作家ルイス・ゴールディングである。(6) ジョーンズは元炭坑夫で南ウェールズの労働組合幹部を務めており、ゼネスト後の南ウェールズの炭鉱地帯の生活――酒場やボクシングの試合、帰還兵の溜まり場、教会、歌のコンペとともに、共産党の集会でロシア帰りの党員が演説したり、ナチスに反対するドイツ共産党の報告者が登壇したりする風景も含まれる――を描いた『ロンダ・ラウンダバウト』（*Rhondda Roundabout*,

1934）を代表作にもつ。この小説を戯曲化してユニティー・シアターで上演するという計画を通して、彼とマーシャルとはすでに面識があった（Chambers 139）。『プラウド・ヴァレー』の生き生きとしたウェールズ訛りの会話は、彼の筆の力によるところが大きく、ジョーンズ本人も炭坑夫の役で出演している。また、ゴールディングは、マンチェスターの労働者階級が住む地区を舞台に、ユダヤ系とキリスト教系の家族の緊張関係を描いた小説『マグノリア・ストリート』（*Magnolia Street*, 1932）がベストセラーになったことで知られる作家であり、ほかにも、反ユダヤ主義やナチズムを批判したエッセイ『アドルフ・ヒトラーへの手紙』（*A Letter to Adolf Hitler*, 1932）や『ユダヤ人問題』（*The Jewish Problem*, 1938）を出版している。

主題の政治性にふさわしいメンバーが揃っていたにもかかわらず、全英映画検閲機構（ＢＢＦＣ）の検閲を危惧したプロデューサーのバルコンの介入によって、『プラウド・ヴァレー』の制作は不本意な妥協を強いられることになった。三五年に、ＢＢＦＣの会長に就任した元外交官のウィリアム・ティレルが、論議を呼ぶ国内及び国際政治への言及を認めないという姿勢を貫き、批評家たちの反対をよそに、映画の政治的検閲が強化されつつあったためだ（Robertson 52–54）。例えば、炭鉱は国有化されるべきだというメッセージが主人公の口から語られる『スターズ・ルック・ダウン』は、完成後二年間お蔵入りになり、四〇年一月まで公開されなかったのだが、そのことは確実に『プラウド・ヴァレー』のプロデューサーたちの念頭にあっただろう（Stead 113）。マーシャルとブリリアントが用意した原案は、とくに後半にかけて、炭坑夫たちが閉鎖された炭鉱を乗っ取って自主運営するという展開を含む、社会主義的な主張の強いものだった。しかし、最終的な脚本では、組合活動や社会主義的な思想への言及は避けられ、ドイツとの開戦のニュースを受けて、ロンドンに向かった炭坑夫の代表団が炭鉱主と交渉した結果、戦争遂行のために炭鉱の再開が認められるという筋書きに改められた。ほかにも、殺人容疑で逮捕・処刑された世界産業労働組合（ＩＷＷ）の活動家ジョー・ヒルを題材にしたフォークソングを使うなど、マーシャルは複数の案を出したがいずれも却下されたと語り、協力プロデューサーとしてクレジットされている白系ロシア人セルゲイ・ノルバンドウが、彼の意見を封じたと証言している（Berry 167）。

政治的検閲を危惧したプロデューサーたちの自主規制により、『プラウド・ヴァレー』の人種を超えた労働者の連帯というテーマは、組合活動や社会主義的な思想への言及を極力回避した形で表現されることになった。本作には、炭坑夫の代表団が――ロブスンが出会った炭坑夫たちを含む、二〇年代から三〇年代の飢餓行進の参加者たちを彷彿とさせるやり方で――ロンドンに徒歩で出かけて炭鉱主と交渉する場面を除いて、炭坑夫の政治運動への直接の言及は見当たらない。『スターズ・ルック・ダウン』がストライキや組合活動、スト中の炭坑夫たちが肉屋を襲撃する場面を描いたのとは対照的である。その点で『プラウド・ヴァレー』のラディカリズムは、炭鉱労働者を題材にした作品に人種のテーマをもち込み、マルクス主義的な理想を、石炭の煤が炭坑夫たちの全身を覆い、文字通り、肌色の違いがなくなった状態として、画面上で実現した点に集約されると言っても過言ではない。デイヴィッドとブランディの炭坑夫たちの関係は本質的に素朴で牧歌的なものとして描かれ、美しい友情物語の域を出るものではない。

『プラウド・ヴァレー』における合唱のモチーフは、炭鉱労働者の連帯を非政治的なものとして演出するにあたって大いに効果を発揮した。ウェールズは合唱の盛んな土地であり、その歴史は一八世紀に遡る。この映画において、合唱とそれによって醸成される一体感は、階級や共同体の単位として機能するだけでなく、民主主義や社会主義の倫理をも象徴している（Freeman 72–74）。パリー率いる男声合唱団は、不和や諍いを抱えた炭坑夫たちの共同体を統合する装置であるとともに、人種的な他者であるデイヴィッドがそこに迎え入れられる様子を描くことで、人種を超えた労働者たちの連帯を示す記号ともなりうる。そのことを如実に伝えるのが、炭坑夫セス・ジョーンズ（クリフォード・エヴァンス）が、デイヴィッドが炭鉱労働や合唱団に加わったことについて、彼の肌の色に言及して不満をぶつける場面である。デイヴィッドはセスに詰め寄って怒りをあらわにするが、パリーがデイヴィッドをかばうように歩み寄って、「あの坑道に入れば、みんな真っ黒になるんじゃないか」と諫める。この諍いのあとで一行は坑道に降り、パリーはデイヴィッドを慰めるが、彼がまだ憤然とした表情をしているのに気づいて、皆で歌うことを思いつき、デイヴィッドに歌をリードするようにうながす。炭坑夫たちはデイヴィッドの先唱に続いて、ウェールズのフォークソング「アル・ハイド・イ・ノス」を口ずさみながら一列になって歩く。カメラは男たちが坑道の奥の暗闇に消えていく様子を見つめ、デイヴィッドを含む、炭坑夫たちの対等な関係、そして、彼らが事故の危険に対しても平等であることを暗示する。

『プラウド・ヴァレー』制作中の一九三九年に、ドイツ軍のポーランド侵攻をうけて、イギリスとフランスがドイツに宣戦布告したが、原案後半の社会主義的な色彩の濃い、プロットの扱いに苦慮していた制作陣にとって、これは願ってもないチャンスとなった。彼らはその出来事を物語に組み込み、危険と隣り合わせで働く炭坑夫たちを国家の非常事態を支える英雄として描き、炭鉱労働者への讃歌として作品全体を演出するという方法を選択した。開戦のニュースは、ロンドンに到着した炭坑夫の代表団が、路上で目にする新聞の見出しという形で観客に伝達される。この出来事は代表団と炭鉱主との交渉にも有利に働き、戦争により石炭の増産が見込まれることから、国民の結束と階級間の合意が優先され、一度目の事故のあと、危険であるとの理由で閉鎖された坑道の採掘再開が認められる。ところが、炭坑夫たちの喜びもつかの間、再び事故が起こって、代表団として参加した四名は坑道に閉じ込められてしまう。

事故の知らせを聞いて、女性たちや教会の牧師が炭鉱施設の前に集まってくるが、最前列にいるミセス・パリー（レイチェル・トマス）を映しているカメラはゆっくりと上空にパンして、彼女の先唱に導かれて、ウェールズの讃美歌「エベネゼル」を歌いはじめる群衆の姿をとらえる。この歌唱は炭鉱事故の悲劇を荘厳に演出するだけでなく、同じメロディを坑道に閉じ込められた炭坑夫の一人が口ずさむことで、地上と地下の場面の切り替えを可能にする。地下では、坑内の酸素が次第に不足して、閉じ込められた四名全員が窒息死するのも時間の問題となりつつあるが、デイヴィッドがダイナマイトに着火して、弱い地盤を爆破する役を引き受けたことで、残りの三名は無事に脱出することができる。生き残った男たちは坑道の外を目指して歩きながら、ウェールズの愛国歌「ヘーン・ウラード・ヴァ・ンハダイ」を口ずさむが、その合唱の歌声を背景に、炭鉱労働の作業工程を撮影した一連の記録映像が挿入される。掘り出した石炭がベルトコンベアーに手早くすくい上げられ、トロッコに載せられるショットから、トロッコを操作する炭坑夫の手足のクローズアップ、線路のうえを移動するトロッコが巻揚機によって地上に引っ張り上げられ、石炭が地上に搬出されるショットまで、これらの断片は炭鉱労働者を讃美するモンタージュとしてつなぎ合わされている。いかにもロシアの映画理論に精通するマーシャルの影響を感じさせる部分だが、このモンタージュは、事故後に採掘が再開された日に、地上に引っ張り上げられたトロッコを正装した群衆とブラスバンドの演奏が出迎える場面に接続される。搬出される石炭を囲み、「我が父祖の土地」と英訳される、同じ歌のメロディーを口ずさむ、人びとの頭上には英国旗がはためく。石炭の戦時増産によって町の経済が救われたことを祝うかのように、エムリンとグウェンが見つめ合うショット、誇らしげに歌うミセス・パリーの顔のクローズアップ、そして、カメラが少し引いたアングルから、彼女の両脇に立つ、事故で生き残った炭坑夫二名をとらえたショットが挿入されて、物語は大団円のうちに幕を下ろす。

国家の危機を支える存在として炭鉱労働者を称賛する、このようなナラティヴは『プラウド・ヴァレー』固有のものであるというよりは、二ヶ月前に封切られた『スターズ・ルック・ダウン』のそれを基本的に踏襲していると言うべきだろう。炭鉱の国有化という主張を含むために、『スターズ・ルック・ダウン』が四〇年一月まで公開されなかったことについてはすでに述べた。同作は、仕事を終えた炭坑夫たちが昇降機から降りてきて、列をなして搬出線路沿いを歩いてくる様子をとらえた映像からはじまる。彼らは浸水の危険性のある坑道で働くことを拒否しており、やがてストライキに突入することになるが、炭坑夫たちを率いるロバート・フェンウィック（エドワード・リグビー）を先頭に、男たちは毅然とした足取りで歩き、敷地の一角で待ち構える炭鉱経営者に対峙する。この一連の場面に、次のようなナレーションが入る。

これは素朴な労働者の物語である。世界中のどの国、どの時代にも存在するような人たち、その苦難とユーモア、とりわけ、彼らの勇敢さを描いたものだ。ごく当たり前の日常として、勇敢であることが求められる男たちの不屈の勇気。彼らは聖人君子でもロマンチックな反逆者でもなく、多くの場合、代弁者をもたない。何らかの大きな危機や災害が発生して、話題になる場合をのぞいて、彼らが普段、脚光を浴びることはない。しかし、このような男たち女たちは国家の屋台骨である。（*The Stars Look Down*）

いずれの作品においても、国家の危機を支える存在として炭坑夫たちを英雄視することで、その思想的急進性を中和しようという意図が見え隠れするが、先に言及した『プラウド・ヴァレー』の搬出される石炭を群衆が誇らしげに囲む場面は、ナレーションの代わりにモンタージュ技法の力を借りて、「国家の屋台骨」としての炭鉱労働者に対する賛美を表現したものだと言える。注目すべき点は、『プラウド・ヴァレー』で戦時下の雰囲気が醸成され、共同体のナショナリズムが高揚するにつれて、階級ではなく、ネイションという紐帯こそが炭坑夫たちを結びつけるようになることだ。本作全体を通して、デイヴィッドは控えめで利他的な人物として描かれるが、ドイツとの開戦以降、彼の存在は次第に希薄になっていく。唯一の政治的な場面であり、その点では物語のクライマックスとも言える炭鉱主との交渉の場面で、彼は外で待っている旨を告げ、仲間たちと同席することを辞退する。そして、英国旗の翻る巻揚機の前で共同体の人びとが一堂に会す、前述の場面では、直前の事故で婚約者のいるエムリンの代わりに犠牲になり、彼はすでにこの世にはいない。戦争という非常時が物語に召喚され、石炭が国家を支える資源としての価値をおび、それを採掘する炭坑夫たちが英雄として讃えられるとき、ネイションは人種的に均質な共同体として出現する。それにともない、物語の中心に据えられていたはずの人種の主題は奇妙にも忘却されるのである。

おわりに

アフリカ系アメリカ人として初めてスターの座を獲得した、ポール・ロブスンを主演に迎えたイギリス映画『プラウド・ヴァレー』は、英国地方都市の労働者に対するロブスンの共感と労働組合運動への関与、二〇世紀初めのコミンテルンの動向や、マルクス主義と黒人解放運動の協調的な関係、さらに、ファシズムの台頭や第二次世界大戦の開戦といったリアルタイムの出来事を含む、同時代の複雑な政治的ダイナミズムのなかから生まれた作品だ。後半、ドイツとの開戦の知らせがもたらされ、ナショナリズムの気配が濃厚になるにつれて、人種の主題が影を潜め、デイヴィットの命の犠牲のうえに、共同体の危機的状況が乗り越えられるという物語の展開は、期せずして、一九三五年以降のコミンテルンが反ファシズム人民戦線を結成し、反帝国主義の方針に妥協的姿勢を示したのにともない、「ニグロ問題」が留保を余儀なくされたという現実の状況に酷似している。

本章でみてきたように、人種を超えた労働者の連帯というマルクス主義的な理想は、銀幕のうえでは完全な形で実現することはなかったが、それはむしろ、帰米後のロブスンの政治活動に引き継がれることになる。本作の撮影終了後、ロブスン夫妻は十年間の英国生活に区切りをつけて、合衆国に生活の拠点を戻した。彼は共産党のジェームズ・W・フォードや、同党日刊紙『デイリー・ワーカー』の編集者ベンジャミン・デイヴィス・ジュニア、三〇年代に映画制作の企画のためにロシアを訪問した経験をもつ、ルイーズ・トンプスンとラングストン・ヒューズなどの親ロシア派の人たちと交流を深めたが、NAACPのウォルター・ホワイトをはじめとするかつての友人たちとは距離をおく傾向にあった。また、英国で労働組合運動を支援した経験に基づき、産業別労働組合会議（CIO）を中心とする合衆国の労働運動に積極的に関与して、黒人労働者の組合加入を呼びかけるなど、人種を超えた運動として組織することに力を注ぐ。ロブスンをして「黒人と白人が共に闘うことの意味を初めて理解した」と言わしめた、ウェールズの炭坑夫たちとの交流から得た学びは、合衆国の労働運動の現場における実践に生かされることになる。

（1）三〇年代の英国映画と労働者階級のテーマについては、例えば Robertson 1–5, Stead 99–112 を参照。

（2）二〇〇一年三月に、カーディフ国立博物館で展覧会「レット・ポール・ロブスン・シング！」が開催され、ロブスンとロンダ・ヴァレーの関係は現代のウェールズの人びとの関心を集めた。

（3）戦間期のコミンテルンと黒人解放運動の関係については、例えば Adi と中村を参照。

（4）とはいえ、これらの組織とコミンテルンの方針は必ずしも一致していたわけではない。コミンテルンは、階級よりも人種に連帯の基礎をおくUNIAのブラック・ナショナリズムや、NAACPの改良主義的側面にむしろ批判的だった。

（5）ロンドンにおけるロブスンの「アフリカ人」としてのアイデンティティの確立や、パン・アフリカ主義者たちとの交流については、拙論「帝都ロンドンからみたハーレム・ルネサンス」を参照。

（6）『プラウド・ヴァレー』の脚本の改変については、Boyle 416, Freeman 73 を参照。

参考文献

Adi, Hakim. "The Negro Question: The Communist International and Black Liberation in the Interwar Years." Ed. Michael O. West, William G. Martin and Fanon Che Wilkins. *From Toussaint to Tupac: The Black International since the Age of Revolution*. University of North Carolina Press, 2009, pp. 155–175.

Berry, David. *Wales and Cinema: The First Hundred Years*. University of Wales Press, 1994.

Boyle, Sheila Tully and Andrew Bunie. *Paul Robeson: The Years of Promise and Achievement*. University of Massachusetts Press, 2001.

Carter, Martin. "Pen Tennyson: Balcon's Golden Boy." Ed. Mark Duguid, Lee Freeman, Keith Johnston, Melanie Williams. *Ealing Revisited*. Palgrave Macmillan, 2012, pp. 39–46.

Chambers, Colin. *The Story of Unity Theatre*. St. Martin's Press, 1989.

Du Bois, W.E B. "Russia, 1926." 1926. Ed. David Levering Lewis. *W.E B. Du Bois: A Reader*. Henry Holt and Company, 1995, pp. 581–582.

Duberman, Martin. *Paul Robeson: A Biography*. Open Road Media, 1995.

Foner, Philip S. Ed. *Paul Robeson Speaks: Writings, Speeches, Interviews 1918–1974*. Citadel Press Book, 1978.

Freeman, Lee. "'Mild Revolution'? Ealing Studios and The Political and Social Consensus." Ed. Mark Duguid, Lee Freeman, Keith Johnston, Melanie Williams. *Ealing Revisited*. Palgrave Macmillan, pp. 71–80.

Golding, Louis. *A Letter to Adolf Hitler*. The Hogarth Press, 1932.

———. *The Jewish Problem*. Penguin, 1938.

———. *Magnolia Street*. Gollancz, 1932.

Greene, Graham. "*How Green was My Valley* and the Mining Films, 1938–49." *The Spectator* 15 Mar 1940, p. 17.

Jones, Jack. *Rhondda Roundabout*. Faber and Faber, 1934.

Marshall, Herbert. *Masters of the Soviet Cinema: Crippled Creative Biographies*. Routledge, 1983.

Matera, Marc. *Black London: The Imperial Metropolis and Decolonization in the Twentieth Century*. University of California Press, 2015.

Maxwell, William J. *New Negro, Old Left: African-American Writing and Communism Between the Wars*. Columbia University Press, 1999.

McKay, Claude. *A Long Way from Home*. 1937. Harcourt Brace Jovanovich, 1970.

Naison, M. D. "Paul Robeson and the American Labor Movement." Ed. J. C. Stewart. *Paul Robeson: Artist and Citizen*. Rutgers University Press. 1998, pp. 179–196.

Ramdin, Ron. *Paul Robeson: The Man and His Mission*. Peter Owen, 1987.

Robertson, James C. *The British Board of Film Censors: Film Censorship in Britain, 1896–1950*. Croom Helm, 1985.

Stead, Peter. *Film and the Working Class: The Feature Film in British and American Society*. Routledge, 1989.

Vandercook, John W. *Black Majesty: The Life of Christophe King of Haiti*. Harpers & Brothers Publishers, 1928.

中村　隆之「『ニグロ・ワーカー』あるいは「ブラック・ラディカルの伝統」の一起点―国際共産主義運動とパン・アフリカニズムを越境する想像力のために―」『思想』一一八七、二〇一三年、三五―五二頁。

三宅　美千代「帝都ロンドンからみたハーレム・ルネサンス―文化とアクティヴィズムの出会う場所」『ハーレム・ルネサンス―〈ニュー・ニグロ〉の文化社会批評』松本昇監修、深瀬有希子・常山菜穂子・中垣恒太郎編著、明石書店、二〇二一年、二一七―二三二頁。

〔映像資料・その他〕

Citadel, The. Directed by King Vidor, Metro-Goldwyn-Mayer, 1938.

Plant in the Sun. Directed by Herbert Marshall, 14 June 1938, Unity Theatre, London.

Proud Valley, The. Directed by Pen Tennyson, Ealing Studios, 1940.

Stars Look Down, The. Directed by Carol Reed, Grafton Films, 1940.

There Ain't No Justice. Directed by Pen Tennyson, Ealing Studios, 1939.

第三章　ケージとサークル
――ショパン、ウェルティ、そしてリージョナル文学――

本村浩二

はじめに

近年、複数の小説を響きあわせ、従来の作家・作品への解釈を超えた新たな意味や評価を与える対照手法を軸にした考察が、南部白人女性作家研究のなかでも見られるようになっている。だが、いまにいたるまでケイト・ショパンとユードラ・ウェルティを繋ぐ考察がなされていないのはなぜか。その最大の理由として挙げられるのは、両者を結ぶ伝記的な資料や文献がないということだ。ショパンは生前、文壇で正当に評価されず、一九七〇年代の第二波フェミニズム運動の時期に読み直しが積極的に行われ、価値を見出された作家である。その時期のショパン作品再評価の原動力となったのはノルウェーの学者パー・セイヤーステッドだが、彼によると、ショパンが後続作家に及ぼした影響はないという（Seyersted 196）。事実、ウェルティの研究書のなかに、ショパンという作家名が出てくることはない。

ショパンはセネカ・フォールズ会議（一八四八年）の二年後に生まれ、第一波フェミニズムの只中を生きた。

出身地はミズーリ州セントルイス。彼女はルイジアナ州に移り住んだ経験があり、そこでの経験をもとにした作品を多く出版している。そのため、南部作家と見なされることが少なくない。しかし、実際は中西部出身の作家なのだ。彼女が創作活動を真剣に開始するのは一八八八年である。他方、ミシシッピ州ジャクソン出身のウェルティが作家としてデビューするのは一九三六年。合衆国憲法で女性参政権が認められたのは一九二〇年であり、それから一六年が経過している。女性たちが家庭から外に踏みだすハードルが大きく下がっている時代のことである。

アメリカ文学史の分野のなかだと、ショパンはローカル・カラーの作家として、ウェルティはリージョナリズムの作家として、それぞれ別個に紹介されることが多い(1)。だが、ローカル・カラーはリージョナリズムとどう異なるのか。一九八九年にアン・E・ロウはその二つの用語が時おり同義的に使われる点を指摘したうえで、次のような厳密な定義づけを行っている。

> ローカル・カラーは、一九世紀後半に隆盛をきわめた特定の文芸様式を表すものとしてしばしば使われる。他方、リージョナリズムが含蓄する期間は、植民地時代から現代にいたる。この用語は、その期間におけるアメリカの特定地域の違いを認めることを示唆する。さらにそれは、リージョナルな意識を網羅する、一九三〇年代にはじまる知的運動のことも指す。(Rowe 137)

ロウの定義が示唆しているのは、リージョナリズムがローカル・カラーを含み得る包括的な用語であるということだ。しかも、ローカル・カラーという用語は「薄っぺらさ(a superficiality)」をにおわすので、近年の研究者たちはその代わりに、リージョナル文学という用語を好んで使うようになっているという(Walker 18)。ナンシー・A・ウォーカーは二〇〇一年にそう述べている。

こうした状況を鑑みて、本論文ではリージョナル文学（リージョナリズム）というジャンルの大枠のなかで、ジェンダー的な問題に注意を向け、『目覚め』（*The Awakening,* 1899）と『デルタ・ウエディング』（*Delta Wedding,* 1946）を比較考察し、そのジャンルに収まる作品の多様性を確認したい。まずは議論の出発点として、ショパンが一八六九年のおわり、もしくは一八七〇年のはじめに書いたとされる「解放――人生の寓話」（"Emancipation: A Life Fable," 1963）に着目し、この掌編がその後の中編『目覚め』に受け継がれる、ケージからの脱出というモチーフを提示しているのを見る。次に、『目覚め』に焦点を移し、ショパンが描く家庭のイメージと主人公の人物像について考察する。そして最後に、長編『デルタ・ウエディング』を取りあげて、ウェルティがショパン的な「解放」の物語とは質の異なる、南部白人女性たちのユニークな物語を構築している点を明らかにする。

一　ケージからの脱出――「解放――人生の寓話」

「解放――人生の寓話」はわずか七段落でおわる、非常に短い物語である。しかし、ショパンの後の小説のさまざまなテーマの萌芽が見られる、寓意性の豊かな物語だ。最初に、その冒頭部を見ておこう。

かつてこの世に動物が一匹、生まれた。動物は目を開けると、頭上に、そして周囲に、自分を閉じ込める壁があるのを見た。目の前には鉄柵がある。そして、そこから外の空気と光が入っている。この動物は檻（a cage）のなかで生まれたのだ。（Chopin 177）

まるで牢屋のようなケージのなかで生を受け、そこですくすくと成長していく動物が、この物語の主人公である。作中で"He"や"His"といった代名詞が繰り返し使われていることから、性別はどうやら雄らしい。そうだとすると、その動物は男性、もしくは一般的な人間を指しているのか。いや、かならずしもそうとは限らないだろう。ショパンは生涯フェミニストを自称することはなかったが、われわれは「解放――人生の寓話」をフェミニスト的な視点で書かれた物語であると想定することができるし、主人公の動物を、中上流階級に属する一九世紀の白人女性を全般的に表す比喩的存在として理解することもできるからだ。

ショパンがこの作品を執筆したのは、ルイジアナ州生まれのクレオール人、オスカーと結婚し、ニューオーリンズに移り住む前のことである（ちなみに、彼女の結婚は一八七〇年六月である）。その頃の彼女はサザン・ベルというよりも、ミッドウエスタン・ベルと呼ぶにふさわしい女性であった。そうした女性が書いた物語なので、ここで比喩的に表現されている白人女性の存在形態は、南部社会に固有な問題として見るべきではないだろう。

つまり、「解放――人生の寓話」は南部のローカルな土地に根差した作品ではない、と考えられる（この点において、土着性の強い『目覚め』とは大きく異なる）。物語内の「檻」はアメリカ社会全域に浸透している父権制（家父長制）を意味している。あるいは、その「檻」は父権性が支配的な家庭を意味しているのかも知れない。いずれにせよ、「目には見えぬ、保護の手（an invisible protecting hand）」（Chopin 177）が暗示するのは、動物を養っている家長の絶対的な存在である。

最終的に、作中の動物はそのような家長の手から離れ、「檻」から飛び出ている。動物を脱出へと導くのは、ケージのドアから射してくる外界の「光」である。(2) 動物はその「光」に魅了されて、外の大きな世界へ向かっている。だが、もし「檻」のなかでずっと生きつづけるという選択が下されていたら、どうなっていただろうか。おそらく動物は立派なレディへと成長していたのではないか。

「解放──人生の寓話」の筋を一文で簡潔にいうならば、ある動物が安全と無知のなかに留まるより、外界で傷つきながらも一人で生きてゆくという大きな決断をする物語である。さらに深読みし、大胆な解釈を付け加えるならば、その作品はレディとして生きることを拒絶し、一人立ちしようとする白人女性の「人生の寓話」であるともいえる。

もし「寓話」の目的がなんらかの教訓を伝えることであるとするならば、われわれがこの作品から掬すべき教訓はなにか。それは「檻」のなかで飼われるような、従順で美しいレディにはなってはならないということである。一九世紀後半のアメリカ社会では過激なこの教訓が、作者の意識のなかで『目覚め』にも引き継がれ、その物語に底流していることは指摘するまでもない。

二　サザン・レディからニュー・ウーマンへ──『目覚め』

ショパンが『目覚め』の主要舞台に選んだのは、ルイジアナ州の三つの地域（ニューオーリンズとグランドアイルとシェニエール・カミナダ島）である。そこでまず、この作家とルイジアナ州の微妙な関係を理解したうえで、「解放──人生の寓話」の動物の物語を念頭におき、エドナ・ポンテリエがサザン・レディからニュー・ウーマンへと変貌を遂げてゆくプロセスを概観したいと思う。

繰り返しになるが、ショパンがニューオーリンズで暮らしはじめるのは結婚後のことである。当時、彼女のようなよそものがクレオール社会に溶けこむことは容易でなかった。そこは保守的・閉鎖的なところが多く、彼女と現地の人たちとのあいだに大きな断絶があったことは、多くの伝記的資料によって明らかにされている。

ショパン一家はニューオーリンズで五人の子宝に恵まれている。だが、この一家は一八七九年に経済的な理由により、夫の生れ故郷であるルイジアナ州ナキトゥシュ・パリッシュのクルーチャーヴィルという田舎に引っ越している。そして一八八二年に夫がマラリアで亡くなると、寡婦となったショパンは六人の子供を引き連れてセントルイスに戻り、そこを生涯の住処にし、作家活動を本格的に開始することになる。

『目覚め』の執筆時期は、一八九七年六月から一八九八年一月までである（Toth xvi）。この時期の彼女とルイジアナ州とのあいだには物理的・心理的な距離があり、そのような距離感の確保が彼女には必要であった。というのも、それがあってはじめて、エドナを主人公とする物語の構築が可能になったからだ。

興味深いことに、エドナの姿は「解放――人生の寓話」の動物の姿を、われわれに彷彿させる。ケンタッキー州の厳格なピューリタン社会の因習のなかで育った彼女は、クレオールの実業家と結婚し、ニューオーリンズで裕福な暮らしをしている。しかし、夫と二人の子供たちに囲まれた家庭生活に飽き足らない思いをしている。夫は悪人ではないが、彼女を自分の私的財産のように扱うタイプの人間である。

エドナと先の作品の動物との類似性を考える際に注目したいのは、マンデレ先生がポンテリエ一家と食事をしている場面である。エドナはマンデレ先生に「陽を受けて目覚めようとしている、なにか美しくて毛並みのよい動物」を思い起こさせている（Chopin 123，傍点は筆者）。その場面で使われている単語は、“in the sun”，“beautiful”，“sleek”である。なるほど、そこで想起されている動物は、「解放――人生の寓話」の主人公の描写とほぼ重なりあう。以下は、「解放――人生の寓話」の第二段落からの引用である。

ここ【檻のなか】で動物は成長していった。目には見えぬ、保護の手に世話されて、強さと美しさを増していった。【……】ここで動物はりっぱな横腹を舐めながら、陽の光を受けて暖まるのが心地よいことに気づいた【……】。（Chopin 177，傍点は筆者）

これに加えて、第六段落の一文にも着目したい。

> 動物は狂ったように突進しつづけた。自身の毛並みのよいわき腹を傷つけ、引き裂いていることは気にもかけずに【……】。(Chopin 177, 傍点は筆者)

これらの引用文で使われている単語は、"beauty"、"in the sun beam"、"sleek"である。類似性は一目瞭然である。エドナは先の動物のイメージに基づいて造形されていると考えてよい。彼女の動物性は作中の"animalism"(Chopin 133)という単語によっても示されている。つまり、この単語はその辞書的な意味のほかに、「解放――人生の寓話」の主人公の物語を含蓄しているように思われるのだ。

こういった後で、急いで付言しなければならないことがある。それは、「檻」のなかにいる動物が、『目覚め』では「鳥かご(a cage)」のなかの鳥に置き換えられていることである。この作品はグランドアイルで休暇を楽しんでいるポンテリエ一家の生活の一場面ではじまる。まさにその最初の一文で、「鳥かご」に入れられたオウムが登場するのだ。また、このすぐ後には別の一羽の鳥(モッキングバード)への言及もある。これらの鳥たちは自由が与えられていないという点で、当時の白人女性たちが置かれた社会的立場を暗示しているようである。

鳥のイメージはその後もつづき、ピアニストのライズ嬢の発言――「因習や偏見の平原のうえを舞い上がろうとする鳥は、強い翼を持たなければならない。弱いものが傷つき、精魂尽きて、翼をバタバタさせながら地上に舞い戻ってくる姿を見るのは悲しいわ」(Chopin 138)――から、結末近くの、海に落下する翼の折れた鳥にいたる。いずれも自力で飛ぶことができなくなった鳥のイメージである。作中で繰り返されるそのイメージが、エドナの飛翔の結末を予兆していることに間違いはない[3]。

鳥にたとえられるエドナが飛翔を試みるのは、ニューオーリンズのポンテリエ一家の邸宅からである。そのドメスティック・ケージからの脱出。それこそエドナが希求し、実践することである。ちなみに、彼女が一人暮らしをはじめる場所は、召し使いのエレンによって「鳩の家（a pigeon house）」（Chopin 140）と名づけられていて、その呼び名にも彼女と鳥の結びつきが感じられる。

エドナが引っ越しをする直接のきっかけになった人物は、ロベールとライズ嬢の二人である。エドナはロベールに向かって、「去年の夏、あなたが私を目覚めさせたのよ。生まれてからずっと見てきた馬鹿げた夢から」といっているし（Chopin 168）、ライズ嬢に関していえば、「神聖な芸術を使って、エドナの魂に触れ、それを自由にするように見えた」と書かれている（Chopin 133）。つまり、前者は愛の力によって、そして後者は芸術の力によって、エドナを開眼（目覚め）へと導いているのだ。

この二人の重要人物とエドナが出会うのは、グランドアイルである。そこは「女性たちの文化のオアシス、もしくは〈女性の集落〉」（Showalter 73）として描かれている。そこでエドナは内的変化をし（特に、シェニエール・カミナダ島で官能的な女性に変容する）、ニューオーリンズの日常にいったん戻るが、最後にまたこのリゾート地へ再びやってくる。そのような物語設定で『目覚め』は展開する。

ただし、グランドアイルは父権的なものに対する、女性たちの抵抗・反発の場になっているわけではない。その島のクレオール社会の女性たちは、その実、父権制を厳守している——「彼女たちは自分の子供を溺愛し、夫を崇拝し、個人としての自分自身を押し殺し、救いの天使としての翼を育むことを聖なる特権だと見なしていた」（Chopin 51）。

アデル・ラティニョル夫人たちが体現するフレンチ・クレオールの文化。そして、エドナが内面化しているアングロ・アメリカンの文化。作中ではこの二つの異なる文化の衝突が示唆されており、エドナは最後の最後までクレオール社会に溶けこむことがない。すなわち、『目覚め』は、インサイダーとアウトサイダーの境界線を明確に定めている作品なのである。

とはいえ、エドナがアデルたちからの影響をまったく受けていないという読み方は正しくない。グランドアイルでの異文化的な交流を経なければ、彼女はその後、ニュー・ウーマンのように生きる道を模索しはじめることがおそらくなかったであろう。第一派フェミニストたちが理想像として掲げたニュー・ウーマン。ノートン版のテクストの脚注によると、この用語は社会的、経済的、性的な自立を新たに見出した女性たちを指すものとして、一八九〇年代半ばから第一次世界大戦がおわる頃まで広く使用されていたという（Gilbert 260）。

当然、ショパンもこの新しい女性像の流行に気づいていたはずである。だとすると、その像に対する彼女の心境はどのようなものであったのか。われわれは、夫の死後、生まれ故郷に戻り、創作で収入を得ながら家族を支え、サロンをつうじてさまざまな人たちと交流するこの女性作家を、ニュー・ウーマンと見るべきなのか否か。そして、彼女自身は自分のことをそのように考えていたのか否か。こうした疑問に対し、本論文は確たる答えを出すことはできないが、いずれにせよ、作中のエドナは作者の自我の一部が投影された人物である、と解釈することは許されるだろう。

育児と家事に専念する人生を嫌い、画家として独立した生活を送りだすという点で、エドナにはニュー・ウーマンの資質が少なからず認められる。ある批評家によれば、「その小説はポンテリエ氏による所有権の主張ではじまり、新しく生まれ変わったニュー・ウーマンであるエドナによる経済的・性的な自立の宣言でおわっている」（Heilmann 87）。要するに、『目覚め』は、ニューオーリンズのケージのなかで平穏無事なサザン・レディ(4)としての生き方をまっとうすることができたはずの一人の白人女性が、生き甲斐を感じるためにあえてそこから飛びだし、ニュー・ウーマン的な人物になってゆくプロセスを一種の悲劇として描いている作品なのである。

ショパンは物語の途中で次のようなことを書いている——「エドナは本来の自分（herself）になりかけていて、わたしたちが世間の前に出るときに身にまとう衣服のようなあの偽りの自分（that fictitious self）を日々脱ぎ捨てているのだ」（Chopin 108）。本論文の文脈に沿ってこの一文を解釈するならば、文中の「本来の自分」はニュー・ウーマン的な存在を、「あの偽りの自分」はサザン・レディ的な存在を、それぞれ意味しているといえはしないか。

三　サークルの内部でのドラマ——『デルタ・ウエディング』

まず先に強調しておきたいのは、ウェルティがデルタ出身ではないということである。彼女は当初、デルタに関する情報や知識をほぼ持っていなかった。デルタはジャクソンの南ではなく、その北に位置している。だが、彼女はほとんど大人になるまで、この地理の事実を知らなかったらしい（Welty, "Eudora" 146）。

スーザン・マースが明らかにしているように、ウェルティはデルタを訪問し、一九世紀前半のその地域での生活の厳しさを綴ったナンシー・マックドゥガル・ロビンソンの日記を読み、すでに書きあげていた短編「デルタのいとこたち」（"The Delta Cousins"）を長編化した（Marrs [1993] 86–87; Marrs [2002] 84）。すなわち、彼女はその日記を解読することでデルタの人々をより深く理解し、自身の物語を拡大化したのである。彼女にとって、デルタが他者の住まう空間であったことに間違いはないだろう——ショパンにとって、ルイジアナ州がちょうどそのような空間であったように。

他者の視点を駆使しての物語構築という点で、ウェルティとショパンは連結できる。ショパンは『目覚め』のなかでクレオールの人たちの生活を、アウトサイダーであるエドナの視点を通して理解している。同様に、ウェルティも『デルタ・ウエディング』のなかでアウトサイダーのローラ（九歳の女の子）の視点から、デルタの人たちの生活を観察している。

加えて、「エドナはとても幼い頃から二重生活——順応する外的生活と、疑問を抱く内的生活——を本能的に察知していた」（Chopin 57）、とショパンは『目覚め』のなかで書いているが、ウェルティも『デルタ・ウエディング』のフェアチャイルド家の女性たちの多くに、同様の「二重生活」を実践させている。

さらにいえば、この両作家はケージのイメージの使用という点でも繋がる。『デルタ・ウエディング』の冒頭部で、ジャクソンからやってきたローラは食卓にいるフェアチャイルド家の子供たちを見て、次のように感じている。

> 笑い声がテーブルの上を流れた。ローラは、思わず熱帯性の鳥たちがたくさん飼われている東屋風の大きな檻（a great bowerlike cage）の情景を思い浮かべた。父親に連れられて町の動物園に行ったときに見た檻の情景だ。鳥たちの生き生きとした動きは、まるで虹のようであった。しかし、それを見ていると心が痛んだ。なぜなら、ここにいる鳥たちはどんなに飛びまわっても、ケージの外へ出られないからだ。フェアチャイルド家の人々の動作は素早く、瞬間的である。だから不思議に思ってしまう——この人たちはほんとうに自由なのか、と。（Welty, *DW* 17）

ショパン作品の主人公たちが執拗に追い求めた「自由」。その言葉の力と重み。ローラの目には、フェアチャイルド家の子供たちがみんな、ショパンが描いた主人公たちと同じく、ケージに閉じ込められているように映っている。

もしその見解が正しければ、ケージからの飛翔をもっとも心待ちにしているのは、一七歳の次女ダブニーであろう（ただし、『デルタ・ウエディング』において白人女性の身体性やセクシュアリティをもっとも強く感じさせる女性キャラクターといえば、ジョージおじさんの妻ロビーであろう）。ダブニーはショパンの主人公たちのひそかな思い——特に、自立の意識——を育んでいる。この思いは、作中の主に二つの場面において顕著に感じとれる。一つは、結婚式を間近に控えた彼女が夜中に目を覚まし、自分の部屋の「窓」から外を見る場面。もう一つは、結婚式前日の早朝に彼女が一人で外出する場面。

最初の場面は第三章の終結部である。夜中にふと目を覚ましたダブニーは、ベッドから起きあがり、窓辺に向かう。「窓」からは外の景色がよく見える。このとき彼女は広大なデルタの自然風景に目をやりながら、畑一面にあふれ出ている綿花のなかを裸足で、夜の時間を踏みしめるようにして歩くことを想像する。そして、これから開始される、トロイとの新婚生活に思いを馳せる。この場面では彼女に外を見るように働きかける「窓」が、「解放——人生の寓話」における「光」の役割を果たしている。

もう一つの場面は第五章の序盤である。ダブニーが赤毛の小馬に乗って、夜明けの畑を抜けて走っているところだ。小馬を走らせながら、彼女が考えているのは以下のことである。

「わたしはなにも手放さない！」ダブニーは前かがみになり、赤い小馬の柔らかい首に自分の顔をすりつけながら思った。「絶対に！　絶対に！　だって、わたしは幸せだから。なにも手放さないってことが、その証拠になるから。わたしはなにも手放さない（I will never give up anything）。トロイを手放すこともしない。トロイに対しなにかを手放すことだってしない！」（Welty, *DW* 153, 傍点は原文イタリクス）

夫（トロイ）のために自分自身を犠牲にするようなこともしない。引用文中の最後の一文で表示されているのは、そうした強い決意である。その一文は時代をさかのぼり、エドナがアデルとの会話のなかでいっていたことと重層的に結びつく――「わたしは本質的でないものなら手放していい（I would give up the unessential）、【……】でもわたし自身を捨てるわけにはいかないの（but I wouldn't give myself）」（Chopin 97）。

ただし、われわれが見落としてならないのは、ダブニーがエドナとは多くの点で異なる人物造形を施されていることである。彼女はエドナのような芸術家肌の人間でない。しかも、未婚の彼女は結婚生活の実情を知らない。それを夢想しているだけである。こうした相違点に加えて、もう一つ重要なのは、彼女が現状の生活になんら不満を持っていないという点である。先の引用文中の「わたしは幸せだから」という発言からもわかるように、彼女はケージのなかでも幸せに暮らせている。

もちろん、『デルタ・ウエディング』では、ダブニーだけが幸せな日々を過ごしているわけではない。フェアチャイルド家の人たちは、一族の「幸福」の感覚を享受している――「〈フェアチャイルド家はいちばん幸せな家族！〉これは家内でいつもお互いに繰り返し発せられていることである」（Welty, *DW* 282）。その「幸福」の感覚は、フェアチャイルド家の女性たちのあいだで共有されている。だが、なぜ彼女たちはケージのなかで閉塞感や抑圧感に苦しめられずに生きてゆけるのか。彼女たちのケージは、ショパン作品に見られるケージとはどう異なるのか。

これらの疑問について考える際に注目すべきは、フェアチャイルド家の家庭の際立った特徴である。その特徴を表すキーワードは少なくとも三つある――母権制、サークル、そして開放性。以下、各キーワードを順次見てゆく。

再びケージの問題に話を移そう。『デルタ・ウエディング』では、一家のケージを管理し支配しているのは男性たちではない。ロビーの観察によると、「フェアチャイルド家のような人たちのあいだでは女たちがいつも家をとり仕切っている」(Welty, *DW* 182)。「デルタでは土地は女たちに属している」とロビーは考えている (Welty, *DW* 183)。この見解の正しさは、ウェルティ自身の発言によっても裏づけされている。

デルタは母権制的なところを多く持っていました。一九二〇年代の年は特にそうであり、わたしはその年について書いたのです。デルタは、男性たちが出征し、女性たちがあらゆることを引き継ぎはじめた南北戦争時代からずっと、本当にそのような感じの場所でした。(Welty, "Struggling" 304)

こうした作者の発言があるにもかかわらず、「男性優位性はフェアチャイルド家の内部のサークルを超越している」といって、父権制の威力を証明し、作者の矛盾をあばく批評家がいる (Donohue 88)。その一方で、作中に母権制的な秩序が確立している点を重視する批評家もいる (Prenshaw 48; Gygax 41)。はたして『デルタ・ウエディング』は母権制の物語であるといえるのかどうか。この問いについては、批評家たちのあいだで長く議論されているが、いまだに意見の一致が見られない。

ところで、文化人類学の分野では、人類の歴史のなかで母系制の社会は見られても、母権制の社会は実質的に存在したことがないという仮説が正しいものとして広く受け入れられている。「父権制は普遍的なもの」(Globerg 15) だそうだ。われわれは、マーガレット・ミードが半世紀前にアメリカの大衆雑誌『レッドブック』で語ったことを、ここで思い起こしてもよいだろう――「本当に……女性たちが支配した社会についてペラペラしゃべる人がいます。でもこうした人たちの主張はすべて戯言にすぎません。かつてそんな社会がどこかに存在したと信じる根拠が、わたしたちにはなにもないのですから」(Mead 48)。

実際のところ、フェアチャイルド家は、一見母権制の原理にしたがっているように見えても、父権的なプランテーション社会の言説の外にあるのではなく、そのなかに組み込まれている一部にすぎないのかもしれない。しかし、たとえそうであったとしても、つまりローラが感じとっているように、「この一家を特徴づけているのはいつも男の子たちと男の大人たちだった」（Welty, *DW* 15）としても、作者がその一家を母権制的なものとして表現しようとした意思は、尊重されるべきであろう。

エーリッヒ・フロムによると、「母権制の原理はすべてを包括する原理であり、父権制システムが制限性の体系であるのと対比的である」（フロム　二四四頁）。なるほど、フェアチャイルド家のケージは「制限性の体系」ではない。つまり、それは一家の構成員の自由を完全にはばむような種類のものではないのだ。

その意味で、この一家のドメスティック・ケージは、ドメスティック・サークルと呼び変えた方がよいだろう。意義深いことに、『デルタ・ウエディング』には"circle"という用語が頻出する。[5] たとえば、子供たちの遊びのなかでも、その用語が何度も繰り返し出てくる。主にローラの視点から描かれるこの遊びは、フェアチャイルド家のなかでの彼女自身の立ち位置——アウトサイダーになるときもあれば、インサイダーになるときもあるという不安定な状況——を的確に表している。サークルはアウトサイダーとインサイダーの境界を明示するものだ（Bouton 163）。だが、その両者の境界線は流動的・可変的である。

アン・フィーロー・スコットが南部白人女性研究における記念碑的な歴史書『サザン・レディ』（*The Southern Lady: From Pedestal to Politics, 1830–1930*）のなかでいっているように、南北戦争前は「大多数の南部女性たちにとって、ドメスティック・サークルが彼女たちの世界であった」（Scott 42）。その本でスコットは「ドメスティック・サークル」という言葉を使ったとき、閉塞的な狭い空間、まさにケージのような場をイメージしていたに違いない。だが、『デルタ・ウエディング』の時代は、アメリカで女性参政権が成立した年の三年後に設定されている。その時代のドメスティック・サークルは、南北戦争前のものよりもはるかに大きく広がっている。ある批評家は、ウェルティが閉鎖的なフェアチャイルド家を表現するのにサークルのイメージを使っているという（Claxton 125）。だが、この発言は誤解を招く可能性があるため、次のようにいい直すべきであろう――ウェルティはその一家の閉鎖性が非現実的であることを、つまりそれが観念的なものにすぎないことを示すために、サークルのイメージを使っているのだ、と。

どう見ても、フェアチャイルド家のサークルは、外部の世界に対し閉鎖的な状態を維持できていない。長女シェリーが自身の日記に記している内容によれば、デルタ全体のあらゆるものが絶えず家のなかに参入している（Welty, *DW* 108）。この家族の構成員たちの多くは、無自覚のうちに開放性を許容しているのだ。たとえば、ロビーもトロイも当初は嫌悪感をもたらすアウトサイダーにすぎなかった。しかし、その二人は最終的に家族の一員として受け入れられている。

制約のゆるいサークルの内部で日々の生活を営むフェアチャイルド家の女性たち。彼女たちは、ウェルティ自身が自伝的著作『ある作家のはじまり』（*One Writer's Beginning*, 1984）で使っている言葉でいうなら、「庇護された生活（a sheltered life）」（Welty, *OWB* 104）を送っている。『デルタ・ウエディング』においてウェルティが庇護の問題点を表現しながら、庇護の利点（意義）を書き添えていることは見逃せない。

ウェルティの、このような創作上の特異なふるまいは、彼女自身が「庇護された生活」のなかで誕生した作家であるという事実とおそらく無関係でないだろう。彼女は作家としてのキャリアのなかで次のような信念をずっと持ちつづけていた――「庇護された人生は勇敢な人生にもなり得ます。なぜなら、あらゆる真剣で勇敢な試みは、内部からはじまるものだから」（Welty, *OWB* 104）。

「解放――人生の寓話」の動物や『目覚め』のエドナは「庇護された生活」を拒絶し、ドメスティック・ケージから出ていった。だがダブニーに代表される、ウェルティのヒロインたちは、サザン・レディ的な生き方にかならずしもノーを突き付けているわけではない。むしろ、彼女たちは自分たちに課されたその役割をある程度引き受けながら、ドメスティック・サークルを出入りしているように見える。

もちろん、フェアチャイルド家の女性たちも自由というものを追い求めていないわけではない。ただ、その一家の娘たちに限っていえば、彼女たちが追い求めている自由は、ショパンの動物やエドナが求めた自由とは本質的に異なっている。それは父権的な家庭からの自由ではない。なにかから逃れて、なにかへ向かうといった自由ではなく、そうした自由の概念とはまったく別個のものが『デルタ・ウエディング』では問題にされている。たとえば、シェリーの場合、日常生活でなにが起こっても、どんなことが生じても、対応できる自由が問題となっており、その自由の大切さを、彼女は一家のヒーローであり、人生の先輩でもあるジョージおじさんとの関係を通じて学んでいる。そしてその種の自由を欲するようになっている。物語の終盤、彼女はジョージおじさんが「自分の意志で選択するヴィジョン（a vison of choice）」（Welty, *DW* 279）を持っていることに気づくが、このヴィジョンもそうした自由があってはじめて可能になるものなのだ。

おわりに

本論文では、ショパンとウェルティの各々の代表作の一つとして知られる『目覚め』と『デルタ・ウエディング』に最終的に焦点を当て、南部の家庭とその家庭のなかで生きる白人女性たちが如何に描かれているかについて検討してきた。どちらの作品も地方の日常の光景を、ヴァナキュラーな言語を使いながらリアリズム風の筆致で表現している。(6) すでに見てきたように、その光景は他者の視点から捉えた、作家の類まれな想像力の産物であった。なお、物語上の接点としては、白人女性たちの「二重生活」への言及や、ケージのイメージの使用などが挙げられる。

ショパンは『目覚め』のなかで、エドナの父親のプランテーションがミシシッピ州にあった、と書いている(Chopin 47)。しかも、ショパンは思春期のエドナに、そのプランテーションでいっとき生活をさせている。だが、それがミシシッピ州のどのあたりにあったのかは不明である。もしデルタにあったと仮定すると、四半世紀近くを経た後のその場所の様子が『デルタ・ウエディング』のなかで、ショパンの小説とはまったく異なる色調で描き出されている、とわれわれは考えることができる。

繰り返しになるが、ウェルティが自身の小説を書きあげる前に、『目覚め』を読んでいたかどうかは定かでない。本論文の冒頭で示唆したように、ショパンとウェルティについては、直接的な影響関係という観点から論じることは難しい。しかしインターテクスチュアリティの観点で見ると、二人のリージョナル文学には思いもよらぬ類似点があって、驚かされる。

ただし、当然のことながら、われわれは両作家の作品の類似点よりも相違点の方に目を配らなくてはなるまい。ショパンが『目覚め』のなかで浮き彫りにしているのは、女性たちを家庭に繋縛する、一九世紀末のルイジアナ州の父権的なクレオール社会である。他方、ウェルティが『デルタ・ウエディング』の舞台に据えているのは、母権制のようなものが因習になっていると想定される、一九二三年のミシシッピ州デルタである。

時代と地域の差異が生じさせる相違点の数々。特に重要なのは、ショパンが自立志向の強い白人女性の主人公が留め置かれている世界をケージのイメージで理解しているのに対し、ウェルティが「幸福」の伝説を引き継ぐ白人女性たちが暮らす世界を、サークルのイメージで把握している点である。ケージとサークル。その二つの言葉のイメージが、南部の家庭のあり方や白人女性の生き方に対する、両作家の見解の違いを端的に示しているように思われる。

〈付記〉本稿は、二〇二三年六月三日に札幌市立大学のサテライト・キャンパスで行われた、北海道アメリカ文学会第二〇〇回研究談話会で読んだ口頭発表原稿に大幅な加筆修正を施したものである。

（1）ちなみに、ショパンはローカル・カラー（当時の女性作家たちの執筆領域）が「あまりに限定的である」と感じ、いらだっていたという（Toth 193）。一方、ウェルティはインタビューの席で「リージョナルな作家」と呼ばれることにあからさまな不満を示すことはなかったが（Welty, “Art” 87）、“regional” というのは「軽率な言葉」、「人を見下すもの」であり、「アウトサイダーが使う言葉」だ、とあるエッセイのなかでいっている（Welty, “Place” 132）。

（2）本論文では “Light” を「光」と訳しているが、この単語には「知識」、「啓蒙」、「真実」などといった意味も含まれる。

（3）ただし、本作品では鳥のイメージがエドナのみならず、よき母親タイプの女性たちの描写にも使われていることは付け加えておく（Chopin 51）。

（4）アン・グドウィン・ジョーンズによれば、「サザン・レディのイメージは一輪の弱々しい花だけに留まらず、彼女の文化の宗教的・性的・道徳的・人種的・社会的な完璧性《パーフェクション》という考え方も表している」（Jones 9）。この「完璧性」のイメージによって、そのイメージの非現実性によって、生身の身体を持つ白人女性たちの多くは苦しめられていたと考えられる。

（5）いうまでもないことだが、『目覚め』にも “circle” という単語は出てくる。しかしその小説のなかで、この単語がポンテリエ家の存在形態の描写に使われることはない。

（6）もちろん、この二作はリアリズム小説的でない要素も幾分含んでいる。たとえば、『目覚め』にはファンタジーや叙情性が、『デルタ・ウエディング』にはシンボリズムや童話性が、それぞれ感じられる。

参考文献

Bouton, Reine Dugas. "Knowledge, Power, and Rhetoric in Eudora Welty's *Delta Wedding.*" *Eudora Welty's* Delta Wedding. Ed. Reine Dugas Bouton. Rodopi, 2008, pp. 159–184.

Chopin, Kate. *The Awakening and Selected Stories.* Penguin, 2003.

Claxton, Mae Miller. "Outlaws and Indians: Eudora Welty's 'Border' Characters in *Delta Wedding.*" *Eudora Welty's* Delta Wedding, pp. 123–134.

Donohue, Cecilia. "'. . . nothing really, nothing really so very much happened': Indeterminate Meaning in Eudora Welty's *Delta Wedding.*" *Eudora Welty's* Delta Wedding, pp. 81–90.

Gilbert, Sandra M. "The Second Coming of Aphrodite." *The Awakening: An Authoritative Text, Biographical and Historical Contexts, Criticism.* 3rd ed. Ed. Margo Culley. Norton, 2018, pp. 253–264.

Goldberg, Steven. *Why Men Rule: A Theory of Male Dominance.* Open Court, 1993.

Gygax, Franziska. *Serious Daring from Within: Female Narrative Strategies in Eudora Welty's Novels.* Greenwood P, 1990.

Heilmann, Ann. "*The Awakening* and New Woman fiction." *The Cambridge Companion to Kate Chopin.* Ed. Janet Beer. Cambridge UP, 2008, pp. 87–104.

Jones, Anne Goodwyn. *Tomorrow Is Another Day: The Woman Writer in the South, 1859–1936.* Louisiana State UP, 1981.

Marrs, Suzanne. *One Writer's Imagination: The Fiction of Eudora Welty.* Louisiana State UP, 2002.

———. "'The Treasure Most Dearly Regarded': Memory and Imagination in *Delta Wedding.*" *Southern Literary Journal.* Vol. 25, Issue 2. (Spring 1993), pp. 79–91.

Mead, Margaret. "Does the World Belong to Men – or to Women?" *Redbook: The Magazine for Young Adults.* Vol. 141, No. 6. (October 1973), pp. 46, 48, 52.

Prenshaw, Peggy W. "Woman's World, Man's Place: The Fiction of Eudora Welty." *Eudora Welty: A Form of Thanks.* Eds. Louis Dollarhide and Ann J. Abadie. UP of Mississippi, 1979, pp. 46–77.

Rowe, Anne E. "Regionalism and Local Color." *Encyclopedia of Southern Culture.* Vol. 9: Literature. Eds. Charles Reagan Wilson and William Ferris. U of North Carolina P, 1989, pp. 137–140.

Scott, Anne Firor. *The Southern Lady: From Pedestal to Politics, 1830–1930.* Expanded Paperback ed. UP of Virginia, 1970.

Seyersted, Per. *Kate Chopin: A Critical Biography.* Louisiana State UP, 1980.

Showalter, Elaine. *Sister's Choice: Tradition and Change in American Women's Writing.* Clarendon P, 1991.

Tooth, Emily. *Unveiling Kate Chopin.* UP of Mississippi, 1999.

Walker, Nancy A. *Kate Chopin: A Literary Life.* Palgrave, 2001.

Welty, Eudora. "The Art of Fiction XLVII: Eudora Welty." *Conversations with Eudora Welty.* Ed. Peggy Whitman Prenshaw. UP of Mississippi, 1984, pp. 74–91.

———. *Delta Wedding.* (*DW*). Apollo, 2016.

———. "Eudora Welty: 'I Worry Over My Stories.'" *Conversations with Eudora Welty*, pp. 141–153.

———."Place in Fiction." *The Eye of the Story: Selected Essays and Reviews*. 1978. Vintage, 1990, pp. 116–133.

———. "Struggling against the Plaid: An Interview with Eudora Welty." *Conversations with Eudora Welty*, pp. 296–307.

———. *One Writer's Beginnings.* (*OWB*). Harvard UP, 1995.

フロム、エーリッヒ『愛と性と母権制』滝沢海南子・渡辺憲正（訳）、新評論、一九九七年。

第四章　「国民文化」創造の分岐点

――「若きアメリカ」の系譜とヘミングウェイ、そしてトゥーマー――

中村　亨

はじめに――ヘミングウェイとハーレム・ルネッサンスの研究

米文学研究においてアフリカ系作家の文学と白人の文学は伝統的にそれぞれ独立した別個の領域として研究されてきた。しかし一九九〇年代から両者の関連を探る研究が現れ始めたことを受けて、そしてより直接的な動機としてはアフリカ系作家トニ・モリスンがアーネスト・ヘミングウェイの黒人表象における無自覚的な差別を論じたことへの批判的応答として、ヘミングウェイとハーレム・ルネッサンスとの見過ごされてきた関わりを探る画期的な論文集『ヘミングウェイとブラック・ルネッサンス』（*Hemingway and the Black Renaissance*）が二〇一二年に出版された。そこに収められた多くの論文により、ハーレム・ルネッサンスの作家たちがヘミングウェイにどのように接し、ヘミングウェイの文学をどう捉えていたのかが浮き彫りにされた。しかしながら、ヘミングウェイとハーレム・ルネッサンスの「対話」を示すことを目指し、しかもその対話が「決して一方的ではない」（Holcomb and Scruggs 19）と主張するこの論文集では、ハーレム・ルネッサンスという新たな文学のうねりにヘミングウェイの側ではどのように反応したのか、ハーレム・ルネッサンスの動きにヘミングウェイの文学がどのように呼応し連動しているのかということは実質的にはほとんど論じられていない(1)。

本稿はヘミングウェイのハーレム・ルネッサンスとの関わりを主にジーン・トゥーマーとの関係に注目して検証する。ヘミングウェイとトゥーマーの関係については、マーガレット・ライト＝クリーヴランドが上記の論文集に論考を寄稿している。だがライト＝クリーヴランドが行っているのは、トゥーマーの『砂糖きび』（*Cane*, 1923）の中の複数の短編とヘミングウェイの『我らの時代に』（*In Our Time*, 1925）の中の短編とのテーマ上・構造上の比較であり、いくつかの短編間の類似と差異を論じているものの、両作家の関わりを実証的に研究しているわけではない。両作家の関わりについては、この論文集の編者であるゲーリー・ホウルコムが別のところでごく短い言及をしている。「人種とエスニシティ――アフリカ系アメリカ人」（"Race and Ethnicity: African Americans"）という概説的な数ページの解説文の中で、シャーウッド・アンダソンがガートルード・スタインにトゥーマーの『砂糖きび』を読むように勧めていた事実に言及し、アンダソンもスタインもヘミングウェイの師匠だったから、ヘミングウェイもトゥーマーの本を知っていたはずだと推論し、「ニュー・ニグロの文学者たちとロスト・ジェネレーションの前衛作家たちは緊密な相互影響を与え合っていた」と力説する（Holcomb 311）。しかしホウルコムの主張はあくまで推測に基づくものであり、やはり実証を欠いている。

両作家の関わりについてより実証的な検討は、論文集の別の寄稿者マーク・オットの論考に見いだすことができる。オットが言うには、ヘミングウェイの作品とりわけアンダソンのパロディ『春の奔流』（*The Torrents of Spring*, 1926）はクロード・マッケイ、ラングストン・ヒューズ、ジーン・トゥーマーといった「ハーレム・ルネッサンスの多くの主要なメンバーとヘミングウェイを結びつける、一つの文化的集合体の中に存在している」（Ott 28）。このように前置きした上でオットは、共にトゥーマーの直接の知人であるアンダソンとユダヤ系作家・批評家のウォルドー・フランクに対してヘミングウェイが取った立場を検証し、トゥーマーを含むハーレム・ルネッサンスの作家たちとヘミングウェイとの連関そして共通性を論じる。

オットは、共に浅薄な黒人礼賛を行ったアンダソンとフランクをヘミングウェイが好まず、二人に共通する「センチメンタルさ」と「叙情性」に反発したことを強調する（30–31）。そしてこのアンダソンとフランクに見られる「叙情性」あるいは「センチメンタリズム」への反発によって、「モダニストの美学」すなわち「醜さと美しさの両方を描く」という信条を共有するマッケイやトゥーマーらハーレム・ルネッサンスの作家たち、そしてヘミングウェイは一つに結びつくと論じている（35）。

本稿はアンダソンとフランクらトゥーマーと関わりの深い著作家たちに対しヘミングウェイがどのような姿勢を示したのか検討することによって、ヘミングウェイとトゥーマーの文学との関わり、そしてさらに広くはヘミングウェイとハーレム・ルネッサンスとの関わりを探るものであり、問題意識と方法の点ではオットの論考と共通する。しかしながらそうした検討によって提示する見解はオットの主張とは大きく異なる。アンダソンとフランクに反発するヘミングウェイとトゥーマーとの共通性あるいは文学的連帯を強調するオットとは対照的に、フランクそしてアンダソンへの対立姿勢をヘミングウェイが表明することによって結果的に彼はトゥーマーひいてはハーレム・ルネッサンスから距離を置き一線を画する立場を選び取ったのだ、ということを示したい。

そしてヘミングウェイのフランク、アンダソンとの対立を起点に、古い文学観に囚われた旧世代の二人から離反し新たなモダニズムの文学をヘミングウェイとハーレム・ルネッサンスの作家たちが共に切り開いていく、という歴史の流れを思い描くオットとは異なり、当時革新的な理念を掲げフランクとアンダソンが加わっていた文学運動にヘミングウェイとトゥーマーがほぼ同時期に合流したこと、やがてヘミングウェイがその運動とは決別する方向に進んだことを明らかにしたい。運動からのヘミングウェイの離脱には二つの段階があり、第一段階としてトゥーマーの『砂糖きび』が出版された一九二三年にヘミングウェイは、フランクおよび彼と理念を共有し同じ文学運動を担っていた面々をまとめて攻撃する文書を書いている。そして第二段階は『春の奔流』およびそれと平行して執筆された『日はまた昇る』（*The Sun Also Rises*, 1926）において、アンダソンのみならず彼が加わっていた文学運動がもはや時代遅れであることを印象づけ、自分が彼らとは異なる新世代の作家だと強調したことである。

一　アメリカの「国民的」な文学創造へのヘミングウェイ、トゥーマーの参入

ヘミングウェイの作家としての出発点は、アメリカ独自の文学創出を目指す著作家たちの運動に、アンダソンの仲介で接することと共に始まった、と言える。マイケル・レノルズが入念な伝記的研究によって示しているように、一九二一年にアンダソンはウォルド・フランクの『我々のアメリカ』（*Our America*, 1919）やブルックスの『アメリカ成年に達す』（*America's Coming-of-Age*, 1915）といった本を紹介し、それによって「初めてヘミングウェイは文学的ナショナリズムにさらされた」のだった。それに加えアンダソンが、それまでヘミングウェイが読んだことがなかったH・L・メンケンやドライサーを個人的にもよく知っていたことに触れ、レノルズはヘミングウェイの文学的覚醒を次のように説明する。

> アンダソンは彼にトウェインとホイットマンは自国の土壌に根を伸ばした二人のアメリカの偉大な作家だ、と言った。この「アメリカの」作家であるという考えは、ヘミングウェイには目新しいものだった。というのも、彼のオークパークでの教育は、イギリスの伝統だけを強調していたからだった。（Reynolds 183）

そしてこの覚醒の結果、ヘミングウェイは突然、『ポエトリー』(*Poetry*)やメンケンが発行していた『アメリカン・マーキュリー』(*American Mercury*)といった雑誌を読み始めたのだった(Reynolds 183)。

ヴァン・ウィック・ブルックスの『アメリカ成年に達す』は開拓時代から現在まで「ピューリタン」の伝統に支配されるアメリカの精神的不毛性、すなわち一般大衆の生活から遊離した「乾いた生気ない文化」と「殺伐とした実用性」(Brooks, *Coming-of-Age* 7)の二極に分裂する社会の行き詰まりを打破しようとする書である。その書でブルックスは、「ピューリタンの流儀(Puritan fashion)」とは対照的に「極めて卑しく粗野な現実(the rudest and grossest actualities)」の中に飛び込んだアメリカで稀なる文学者としてホイットマンを賞賛し(58)、彼の文学に「新鮮な民主的理想」(62)そして国民を統合する「国民文化(National culture)」(63)の萌芽を見いだす。さらに、このブルックスの見解を敷衍し彼の仲間であるフランクにより出版された評論が『我々のアメリカ』である。フランクはこの評論において、英国系アメリカ人の伝統、彼が言う抑圧的な「ピューリタン」の文化がアメリカを支配しており(Frank, *Our America* 28)、その支配的文化は先住民の文化を破壊し、また英国系アメリカ人以外の移民たちはこの主流文化への同化を強いられてきたと論じている。彼が言うには、ピューリタンの文化は「安逸と楽しみを犠牲にすること」を求める「厳格な禁欲主義」によって特徴づけられ、その文化が合衆国を形作ってきた(19)。そうした合衆国の「社会的禁止の障壁を越える精神の爆発の結果」がマーク・トウェインの偉大な作品であり(40)、「ハックルベリー・フィン」は「アメリカ的な叙事詩の英雄」であるという(39)。さらにホイットマンについては、抑圧的文化を逸脱する「アメリカの文化的解放の伝道師」あるいは「自由詩の父」であるだけでなく(203)、「モーゼ」の如き民族の預言者、すなわち「我々の土地を決して離れなかった」そして「我々の話し言葉を使って神と話した」人物として称えられる(204)。

このように「ピューリタン」的抑圧から解き放たれた文化の刷新、新たな「国民文化」としての文学創出の可能性を提示するブルックスとフランクの著作に、ヘミングウェイがアンダソンの導きで出会ったのとほぼ同じ頃に、ブルックスとフランクらが開始した文学運動にトゥーマーもまた出会い、そして惹きつけられていた。作家を志すトゥーマーがブルックスとフランクを中心とする「若きアメリカ」と称される文学グループに強い共感を示していたことを、チャールズ・スクラッグズとバーバラ・フォーリーがそれぞれその著書ですでに指摘している（Scruggs and Vandemarr 32–34; Foley 83–100）。このグループが目指した文学的方向性は、フランクと共に文芸誌『セブン・アーツ』（*Seven Arts*）を刊行したブルックスがその文芸誌に一九一六年に寄稿した記事「若きアメリカ」（"Young America"）において宣言されている。ブルックスは「若きアイルランド（Young Ireland）」「若きトルコ（Young Turk）」「若き中国（Young China）」などと同様に「若きアメリカ」が発展していると述べ、高揚するナショナリズムと結びついた他国の文学運動を引き合いに出す。そしてそれらの国々と同様に「若きアメリカ」は「古い支配体制（the old regime）を倒す力を表しており、我々の場合にはその支配体制とは植民地体制（colonial regime）である」と言明する（Brooks, "Young America" 145）。ここで彼が「植民地体制」という言葉で念頭に置いているのは、『アメリカ成年に達す』をはじめとする他の著作での主張も合わせて判断すると、植民地時代から続く彼が「ピューリタン」と呼ぶ英国系移民の伝統であると考えられる。

トゥーマーが一九二二年に書き上げた戯曲『ナタリー・マン』（*Natalie Mann*）において、このブルックスが用いた「若きアメリカ」という言葉が共感を込めて引き合いに出されている。この戯曲は、白人の主流文化に順応しようとする親たちの世代に反抗するアフリカ系アメリカ人のカップルを描いた作品で、その終盤、家を飛び出し新生活を始めたナタリー・マンとその恋人で作家志望の青年メリスの住まいに多様な民族の若者たちが集い、芸術談義に花を咲かせる。皆がやって来る直前、メリスはナタリーに「そうさ、若きアメリカ（young America）が今晩この屋根の下に集うんだ。ユダヤ人にドイツ人にアイルランド人にロシア人にラテン民族、たまげたアングロ・サクソン、それに黒人も！　うひゃー！」と話す（Toomer, *Wayward* 303）。この台詞のあと、来るべき芸術のあり方について二人は訪問客たちと自由闊達に意見を交わし、さらにナタリーがピアノで黒人霊歌を翻案した曲を演奏し皆がそのメロディーを口ずさむのに合わせて、メリスは自作を朗読する。カリンサという名のアメリカ南部の黒人の娘と彼女に惹かれる男たちについての散文詩のような短編で、作中には黒人たちが合唱する歌の歌詞が挿入されている。この劇中で朗読される短編はトゥーマーの一九二三年出版のデビュー作でかつ代表作『砂糖きび』に組み入れられ、「カリンサ」（"Karintha"）というタイトルをつけられてその著作の冒頭を飾ることになる。こうした劇中での言葉の借用のされ方、そしてその後の創作の経緯を考えると、ブルックスが掲げた「若きアメリカ」という言葉、そしてその言葉が指し示す新たな文学をトゥーマーは、自らの作品によって具現化しようとしていたことが分かる。

ブルックスらが開始した文学運動をトゥーマーが意識するきっかけを作ったのはおそらく、一九二五年出版のアンソロジー『ニュー・ニグロ』（*The New Negro*, 1925）を編纂し、ハーレム・ルネッサンスのオピニオン・リーダーの役割を担うアレイン・ロックであろう。ロックの詳細な伝記を書いたジェフリー・スチュアートの説明によると、文学研究者で批評家であるロックはブルックスとは親しい間柄であり（Stewart 56）、ブルックスらが文芸誌『セブン・アーツ』を創刊するとその編集者や寄稿者たちのグループと交流を開始し、その文芸誌を知人に読むように勧めていたという（282）。ロックが『セブン・アーツ』を読み始めるようになって間もない一九一九年に彼はトゥーマーと会い交流し始めているので（307）、ロックを介してトゥーマーは「若きアメリカ」グループの活動を知ったのではないかと思われる。

作家になることを決意した時期に接した、ブルックスとフランクを中心とする文学運動にヘミングウェイとトゥーマーの二人がどれほど感化され、二人の文学の基礎を提供されたのかということは、彼らの作品によく表れている。二人の作品から読み取れる感化の表れを二点挙げると、第一にアメリカの口語に基づいた文体、第二にアメリカという土地で暮らす民衆の生活を題材としていることである。

第一の口語的な文体に関しては、ブルックスとフランクの二人と文学的ナショナリズムの理念を共有し二人に影響を与えたH・L・メンケンを視野に入れると理解の助けとなる。口語的文学の先駆者であるホイットマン、そしてマーク・トウェインを二人は自著の中で高く評価しているが、彼らが共に影響を認めているのがメンケンである。ブルックスは回想録の中で自分の仲間たちとメンケンとの交流を語っており、彼のことを「我々すべての無作法な先人（the rude forefather of us all）」（Brooks, *Days* 358）そして「その戦略と決断が我々すべてに影響を与えた文人の政治家（a literary statesman whose strategy and decisions affected us all）」と呼んでいる（359）。一方フランクは『我々のアメリカ』においてメンケンを、「ピューリタニズム、植民地主義、大学教師への攻撃」を主導した革命的運動の先駆者と見なしている（Frank, *Our America* 193）。

メンケンは彼が編集する雑誌上での書評や評論を通して積極的に自分の意見を発信し続けていたが、自説のまとまった表明は一九一九年に出版されその後何度か改訂版が出された彼の代表的著作『アメリカの言語』（*The American Language*）で提示されている。その著作の中でメンケンは、イギリスの伝統的な書き言葉とは異なるアメリカの話し言葉、口語の独自性と活力を称賛し、アメリカ英語を正しいイギリス英語からの逸脱、矯正すべき過ちと見なす考え方に反対して、「アメリカ人のように血統において雑種となった人々（a people so mongrel in blood）」に正しいイギリス英語を習得させようとするのは無益だという考えを支持する（Mencken, *American Language* 29）。そして彼はアメリカ英語の「野蛮さ（barbarism）」（13）と「卑俗さ（vulgarity）」（38）をけなす長年のイギリス人たちによる見方を逆手にとり、そうした野蛮さあるいは卑俗さを帯びたアメリカ英語には、イギリス英語にはない「活力（vigor）」（17）があると論じる。さらにそうした活力あるアメリカ口語英語に基づいてアメリカ独自の文学を生み出した先駆者としてホイットマン、マーク・トウェイン、カール・サンドバークを称揚し（19–20）、アメリカのイギリスからの「文学的独立（Literary Independence）」（24）への熱い思いを語る。

ここでメンケン、フランク、ブルックスからヘミングウェイに目を転じると、後年彼が紀行文『アフリカの緑の丘』（*Green Hills of Africa*, 1935）の中で語っている文学論は、彼がアンダソンを介して出会った彼ら三人の文学観からどれほど深く抜き去りがたい影響を受けたか、彼らの文学観を基礎としているかを示している。旅先で出会ったドイツ人に「アメリカで偉大な作家は誰か」という質問を受けて文学談義になり、エマソンやホーソンは「紳士」で「とてもお上品（very respectable）」であって、「人々が会話でいつも使っている単語を使わなかった」とヘミングウェイは批判する。そして「彼らに肉体があったとは思えないだろう」、「彼らには確かに頭脳はあった。ご立派な、乾いた、汚れのない頭脳だ（Nice, dry, clean minds）」と揶揄する（Hemingway, *Green Hills* 21）。このようにブルックスによる「乾いた生気ない」アメリカ知識人の文化への批判とメンケンの卑俗なアメリカ口語礼賛と通じ合う見解を示したあと、これらの伝統的文学者への批判と対比するかたちでヘミングウェイは今なお有名な発言、「すべての近代アメリカ文学は、『ハックルベリー・フィン』と呼ばれるマーク・トウェインの一冊の本を源とする」という言明を行うのである（22）。

文学論だけでなく実際の創作において、ヘミングウェイの文学がトウェイン、そして彼の文学上の師アンダソンを経由してアメリカ口語文学の系譜に連なっていることは言うまでもないだろう。そしてヘミングウェイの文体について言えることは、彼と同様にアンダソンを範として修辞的な文語ではなく平明な口語体で作品を執筆したトゥーマーについても当てはまるはずである。

第二点目のアメリカの地で暮らす民衆の生活という題材に関していうと、トゥーマーの実質上の処女作「カリンサ」でも『砂糖きび』においてもアメリカ南部の黒人農夫たちの暮らしが描かれている。一方ヘミングウェイが初めて出版した『三つの短編と十の詩』（*Three Stories and Ten Poems*, 1923）に収められた短編「北ミシガンにて」（"Up in Michigan"）では、ヘミングウェイの故郷に近くなじみ深いミシガン湖湖畔のホートン・ベイを舞台に労働者男女が描かれているというだけではなく、その題材の扱いはブルックスやフランクのアメリカ観と通じ合う。すなわちその短編では十九世紀終わり頃の開拓地で、抑圧的文化と即物性の両極に引き裂かれた住民たちの閉塞状況が提示されている。[2] 女性は自分の肉体的欲望を説明するための言語を持たないためにその欲望を明確に理解することができず、一方彼女が惹かれる男性は彼女を性欲の処理対象としてのみ扱うために、二人の関係は精神的つながりと感情的交流を欠いた不毛なものにとどまる。

さらにこの「北ミシガンで」を同じくホートン・ベイを舞台とするヘミングウェイのもう一つの短編「あることの終わり」（"The End of Something," 1925）と合わせて読むと、彼のアメリカ観あるいはアメリカ史観がブルックスとフランクの見解と通底するものであることが一層よく分かる。ブルックスは「ピューリタニズムはパイオニアにとって申し分のない哲学であった（Puritanism was a complete philosophy for the pioneer）」と主張し、「人間性を軽蔑すべきものとし人生の魅力を恥辱にさらす」一方で「それは人間の獲得本能を解き放った（it unleashed the acquisitive instincts of men）」と説く（Brooks, *Letters and Readership* 105）。そしてそのパイオニアたちによる資源収奪の結果、「自然は私的そして一時的な取得のために奪われ略奪され浪費されてきた」のであり、周囲の環境を収奪し尽くすとその地を離れたパイオニアたちによって、西部にはいくつもの「朽ちた開拓地」、「開拓の廃棄物と灰（the waste and ashes of pioneering）」が残されることになった、と説明している（93）。このブルックスの見解を敷衍しフランクは『我々のアメリカ』において、楽しみを犠牲にするパイオニアたちの「自己保存と獲得の本能」は彼らを「物質主義的で非美的（materialistic and unaesthetic）にし（Frank, *Our America* 19）、そうした彼らの姿勢が資本主義と産業の拡大につながったと論じる。そして「開拓するという行為は産業主義となった（Pioneering became Industrialism.)」と総括する(57)。

「あることの終わり」冒頭で提示されるホートン・ベイの歴史の概括とその町の情景描写は、まさに今述べたブルックスとフランクによるパイオニアについての説明に沿ったものとなっている。「昔はホートン・ベイは製材の町だった(In the old days Horton Bay was a lumbering town.)」という一文で始まるこの短編では、続けて製材業が活況を呈していた頃の製材所と木材運搬の様子が描かれたあと、やがて製材所の「取り外し可能な機械」が「取り払われ」てボートに乗せて運び去られ、さらに「製材所を製材所にし、ホートン・ベイを町にしていたすべて」が船に積み込まれて持ち去られる様子が最初の段落すべてを使って語られる(Hemingway, *Short Stories* 79)。そして次の段落では製材所関連の建物が放置されたさまが「食堂、会社の店、製材所の事務所、そして大きな製材所そのものが何エーカーものおがくずの中に置き去りにされて立っていた」と書かれ、さらに次の段落で時が過ぎ残骸だけが残った製材所跡地の情景が描かれ、そこに主人公たちが登場する。

> 十年後、ぬかるんだ地面に生えた草を通して見える崩れた白い石灰石の土台を除くと、製材所の何ひとつ残っておらず、ニックとマージョリーは岸に沿ってボートを漕いでいた。(79)

マージョリーは製材所の残骸を「私たちの古い廃墟(our old ruin)」と呼びそれを「お城みたい」とニックに話す(79)。英国的なピクチャレスクの美学、廃墟趣味を彼女は眼前の風景に投影しようとしているわけだが、それがニックにとっては空々しく、彼の目の前に広がるのは殺伐とした荒廃の跡でしかない。[3] このようにヘミングウェイにとって身近だったホートン・ベイは、ブルックスとフランクがいう「ピューリタン」と「パイオニア」の伝統がアメリカにもたらした不毛性を体現する場として捉えられており、そうした伝統への反発がうかがわれる記述となっている。

口語文体を用いてアメリカという地で生活する人々を描こうとし、また共に閉塞的な文化の刷新を求めたヘミングウェイとトゥーマー。このように見てくると、ヘミングウェイとトゥーマーの二人は作家として歩み出す出発点においてブルックスとフランクらが牽引する新たな文学運動に感化され、その理念と構想を共有し、その文学運動の担い手となったことが分かる。

二　多文化的理想に基づくアメリカ文学創出の動きと、ヘミングウェイの離反

ところが、トゥーマーが短編を雑誌に掲載しそれらを『砂糖きび』に収録して出版すると、ヘミングウェイはトゥーマーの作品出版を支援し実現させたフランク、フランクの仲介によりトゥーマーの短編を掲載した雑誌『ブルーム』(*Broom*)、そしてフランクと『ブルーム』の創刊者と同じ文学理念を抱き彼らに感化を与えたメンケンという三者を一まとめにして罵倒する文書を発表するという行為に及ぶ。そしてそのヘミングウェイの攻撃は、アメリカ独自の文学創出を推し進めようとする三者が、多民族国家アメリカにふさわしいものとしてアフリカ系アメリカ人の文化を歓迎し積極的に受け入れる動きを強めつつあった最中の時期に行われる。

マイケル・ノースはその研究で、メンケンそしてフランクら雑誌『セブン・アーツ』の中心メンバーたちそしてさらには雑誌『ブルーム』が一九二〇年代の文化闘争において英国系アメリカ人の伝統こそ正当なアメリカ文化と見なす守旧派と対立し、彼が言うには「多文化的理想」と「人種的・言語的多様性」に基づき新たなアメリカ文学を創出しようとしていたことを丹念に検証している(North 127–146)。実際、『セブン・アーツ』で掲げられた「若きアメリカ」という理念を共有するトゥーマーとフランクが接近し、二人で協力して『砂糖きび』の出

版を達成する過程は、英国系アメリカ人の伝統を守ろうとする陣営に対抗し、文学を通した多文化的理想の実現を目指す企てとなっている。

トゥーマーが多文化的理想に基づくアメリカ文化の創出を望んでいたことは、『ナタリー・マン』の劇中で「若きアメリカ」と形容される芸術の集いが多様な民族出身の青年たちから構成されている事実に表れている。一方フランクのアメリカ文化刷新の願いが多文化的理想と結びついていることは、彼の著書『我々のアメリカ』から読み取れる。すでに触れたようにその書でフランクは、英国系アメリカ人が代々受け継ぎ他の移民に同化を強いてきた抑圧的な「ピューリタン」の文化を批判しているが、その一方でそうした主流文化の支配を免れ、多文化社会アメリカの可能性を感じさせる要素を拾い出し礼賛している。彼はアメリカ合衆国において例外的にサンフランシスコでは「中国人、日本人、メキシコ人とスペイン人、イタリア人のおかげで」、つまり「非アングロ・サクソンの要素のせい」で、ピューリタン的な文化とは異なる「より陽気な様相」が見られる、という(Frank, *Our America* 105)。一方合衆国とは対照的に、メキシコをはじめラテンアメリカにおいては、先住民の文化とスペイン人の文化は混じり合い、それが文化的豊饒性をもたらしている、と彼は考える。「アメリカ人たちは吸収も学びもしなかった」のに対して、「メキシコ人たちはインディアンと出会い、彼らから学んだ。メキシコ人の生活で美しいものはすべて古代のインディアンの文化にはっきりした源がある」と説明し、「インディアンとスペイン人の真の結合が、その土地の文化をもたらした」と力説する(96)。

フランクの多文化社会アメリカへの期待はトゥーマーとの交流によって強められ、最終的に『砂糖きび』出版に至る協力体制へとつながっていく。作家・評論家のメアリ・オースティンが『我々のアメリカ』の書評において、ユダヤ系の作家であるフランクによってアメリカの主流文化が批判されたことへの反発を露わにすると、それに対しトゥーマーはオースティンの人種的偏見を暴きフランクを擁護する評論を発表する。そしてその評論を機にトゥーマーとフランクは急接近していく（Scruggs and Vandemarr 230）。頻繁に手紙を交わすようになったトゥーマーがフランクに「『我々のアメリカ』にあなたが黒人（the Negro）を含めていないのは残念でした。そのことに関して、よく不思議に思います」と書き送るとフランクのアフリカ系アメリカ人への関心は増し（Toomer, *Letters* 31）、二人は南部の町スパータンバーグに一緒に調査旅行に出かけることになる。そしてそこでの経験をもとに、フランクは人種差別の下で生きる黒人たちを描いた小説『ホリデー』（*Holiday*, 1923）を書き上げ、一方トゥーマーはフランクに草稿を見せ手直しの助言をもらいながら、『砂糖きび』として最終的には一冊の本にまとめられる短編と詩を次々と生み出していく。

フランクとトゥーマーの二人を最初に引き合わせたのが、雑誌『ブルーム』の編集者を務めていた詩人ローラ・リッジであり（Scruggs and Vandemarr 61; Svoboda 180–181）、フランクがトゥーマーに投稿を勧めた『砂糖きび』所収の主要な作品を最初に掲載したのが『ブルーム』である。本稿ですでに言及した、戯曲『ナタリー・マン』に挿入された散文詩「カリンサ」をはじめとする重要な複数の作品を『ブルーム』は掲載している（Scruggs and Vandemarr 106）。そしてその『ブルーム』を私財を投げうって創刊したのは、後ほど詳説するが『日はまた昇る』で軽蔑的に描かれるロバート・コーンのモデル、ユダヤ人作家ハロルド・ローブであった。

ローブが目指した芸術の方向性は、彼が『ブルーム』に発表した評論によく表れている。彼は「アメリカの文明が、ヨーロッパと同じ地点から出発し、兄弟のような我々の一族の一員として、偉大なる西洋の伝統を継続すべきだ」と考える知識人たちに対して批判を展開し（Loeb, "The Mysticism of Money" 115）、アメリカ独自の文化の発展への期待を語っている。そして、アメリカは「その自然な歌い手、黒人たちの働きかけによって、リズムを再発見したのであり、その黒人たちの働きかけは、西洋世界の横隔膜を振動させている」と述べ、アメリカから発信される新たな文化の代表として、ジャズを賞賛する（123）。

またローブは、ウォルド・フランクとメンケンにかなり感化されていたようである。彼の回想録では、フランクの著作への深い関心と敬意が度々語られているし（Loeb, *Way* 82, 89, 99, 146）、『ブルーム』ではフランクのいくつかの短編が発表されると共に、フランクについての評論も掲載されている。また回想録には、初対面のアイルランドの詩人とメンケンについて熱い議論を交わしたことが記されており、その議論の中でメンケンについてやや批判的な発言もしているが、それでもその発言はメンケンが目指したアメリカの文学的独立の方向性そのものを否定するものではなく、その独立をさらに徹底したものにする必要性を訴えたものである。「メンケンは、創作した作品がヨーロッパの文化に由来するアメリカ人たちを高く評価し、独特のアメリカ的な表現を過小評価する傾向がある、と私は言った」そして「そうした態度は『有害』である、なぜならそれは紛れもないアメリカ的な表現の発展を妨げ、土地の多様性と生命の豊かさを奪うからだ」と説明する（48）。

こうしたローブの発言は彼がメンケンやフランクらと同じくアメリカ独自の文学創出を目指していたこと、そしてその目論みが多文化的理想と結びつき、ヨーロッパ文化とは出自の異なる黒人文化を積極的に受容する方向に向かっていたことを示している。そしてアメリカ独自の文学創出の目論みは、『砂糖きび』が出版された一九二三年前後にはメンケンにおいてもローブそしてフランクと同様に黒人文化の積極的受容につながり、高まりつつあったハーレム・ルネッサンスの支援というかたちを取るようになっていた。

ローブが回想録にあるメンケン批判を行ったのは彼の記憶では一九二〇年五月頃だったようだが（Loeb 42-45）、その半年後、雑誌『スマート・セット』（*Smart Set*）一九二〇年十一月号に寄稿した書評でメンケンは、「出現のために今懸命に努力している、アフリカ系アメリカ人の小説家の新たな一派（the new school of Aframerican novelists, now struggling heavily to emerge）」への期待を語っている（Mencken, "Notes in the Margin" 139-140）。そして彼が編集長を務めていた雑誌『アメリカン・マーキュリー』に一九二四年、ハーレム・ルネッサンスの旗手の一人カウンティ・カレンの詩を掲載している（Scruggs 38）。さらにハーレム・ルネッサンスの著作家たちの作品と評論を集めた記念碑的アンソロジー『ニュー・ニグロ』が一九二五年後半に出版されると、それから間もない一九二六年二月号の『アメリカン・マーキュリー』書評で、アメリカの新時代の書としてその作品集を称賛している。メンケンいわく、過去の黒人著作家たちの「劣等感（inferiority complex）」から新世代の作家たちが完全に解放されたことをその書は明らかにしており、寄稿者たちは黒人であることの「誇り」、「一つ以上の点において黒人は白人たちよりも優れているという教義（doctrine）」を提示していると説明する（Mencken, "The Aframerican" 254）。そしてその新たな動きを歓迎するのである。

本稿が何より注目したいのは、このメンケン、雑誌『ブルーム』とフランクに対してヘミングウェイが行った激しい攻撃である。アメリカ独自の文化を求めアフリカ系アメリカ人の文化そして文学を積極的に受容する方向に向かうメンケン、ウォルド・フランク、そしてフランクと連携しトゥーマーの作品を世に送り出した雑誌『ブルーム』——そのすべてが、ヘミングウェイによってひとまとめにされ、全否定されるのだ。その全否定は、トゥーマーの作品が『ブルーム』に掲載された一九二三年に書かれ、翌年雑誌に発表された詩「出版者のマカルモンとバードとともにスペインの魂を」（"The Soul of Spain with McAlmon and Bird the Publishers"）において表明されている。その詩は、小説『日はまた昇る』の題材ともなるスペイン旅行の一つを下敷きにして、スペインで降り続く雨、祭りの白装束を着た踊り手たちなどの情景を書きつづったあと、民主主義はたわごとだ、相対性はたわごとだ、など次々に罵倒するものを挙げていき、そして

メンケンはたわごとだ。（Mencken is the shit.）
ウォルド・フランクはたわごとだ。（Waldo Frank is the shit.）

『ブルーム』はたわごとだ。（The Broom is the shit. ）（Hemingway, *Poems* 70）

と批評家H・L・メンケン、ウォルド・フランク、さらに文芸誌『ブルーム』の名を並列する。三者は一括りにされ、「たわごと（shit）」というただ一言で一顧だにせず切り捨てられる。こうしてヘミングウェイは、アメリカ独自の文学創造のため多文化的理想を目指す方向に進む集団に対し、反発と離反の姿勢を明確に打ち出す。メンケンやフランクらの発言と著述の価値を真っ向から否定するヘミングウェイは、では一体どんな方向に進もうとしたのか。その手がかりは、同じ詩の後半部分で示されている。メンケンから『ブルーム』までをひとまとめにした罵倒のあとに、ダダ、そして人気ボクサーであるデンプシーはたわごとだ、とさらなる罵倒の羅列が続き、突然詩は、エズラ・パウンドへの礼賛に転ずる。

> 連中はエズラはたわごとだと言う。（They say Ezra is the shit.）
> でもエズラは素晴らしい。（But Ezra is nice.）
> やって来てエズラの記念碑を建てよう。（70–71）

そしてこの後最後までの十五行はすべてエズラ・パウンドへの賞賛となっている。ただ引用のあとの続きは「みんなやってみて一つ作ろう」「『ダイヤル』はプルーストの記念碑を作った／我々はエズラの記念碑を作った」といったように記念碑作りを謳うことにほぼ終始していて、パウンドのどんなところが賞賛に値するのかについての具体的説明はない。

それでもパウンドが書いている文学論に目を向けると、ヘミングウェイを新たに惹きつけた理念は明確に理解できるように思う。パウンドは雑誌『ニュー・エイジ』（*The New Age*）に一九一七年に発表した「地方的偏狭さという敵」（"Provincialism the Enemy"）と題された評論において、メンケンやフランクとは対照的、そして対立的とも言える主張を行っている。この評論でパウンドは、ヘンリー・ジェイムズのように主として故郷あるいは母国を離れた文学者が行った「地方的偏狭さに抗う苦闘（a struggle against provincialism）」（Pound, *Selected Prose* 195）を高く評価している。そしてそれぞれ単独では限界があるイギリスとフランスの文明、さらには地方的偏狭さを有するアメリカを超越する「イギリス、フランス、アメリカの連携（a coalition of England, France, and America）」（199）の大切さ、そしてそのような連携を可能にする自由な「移動」と「交通」（199）、ロンドンあるいはパリという世界的な「メトロポリス」への人間の集中の重要性を強調している（200）。このように故郷からの離脱者を称えるパウンドの文学観は、ヘミングウェイがアンダソン経由で知ったメンケン、フランク、ブルックスらの文学的ナショナリズム、すでに引用したレノルズの説明を借りれば「自国の土壌に根を伸ばした」トウェインやホイットマンのような作家を「偉大」と見なす文学観の対極にある。あるいは英国からのアメリカの文化的独立を訴えるメンケン、ホイットマンを「我々の土地を決して離れなかった」民族の預言者だと称えるフランクに見られるような文学理念の対極と言ってもいい。

ヘミングウェイはもしかしたらパウンドのこの一九一七年発表の評論を直接は目にしなかったかも知れない。だが仮にそうであっても、パリでパウンドと親交を結び感化を受けたヘミングウェイが、国籍離脱者の文学を肯定するパウンドの考えに接し共感するようになったことは間違いないだろう。それに加えメンケンらを罵倒しパウンドを称える詩を生んだスペイン旅行において、アメリカにはない祝祭と闘牛と出会ったことが、ヘミングウェイにとってそれまでの進路から逸れ、新たな方向に大きく踏み出すきっかけになったのではないかと思われる。

三　『日はまた昇る』と『春の奔流』における、「土地」に根ざす文学との決別

ヘミングウェイとハーレム・ルネッサンスの関係について論じたオットが力説しているように、アンダソンの『暗い笑い』（*Dark Laughter*, 1925）に対しヘミングウェイが『春の奔流』で行った攻撃は個人的な争いとして矮小化するべきではない(4)。だが本稿ではオットのようにその攻撃を「センチメンタル」な「叙情性」への反発という美的次元でのみ捉えるのではなくむしろ、ヘミングウェイの攻撃の社会的な意味合いと広がりに目を向けたい。ヘミングウェイの『春の奔流』での攻撃的な風刺は、スペイン旅行で書かれた詩でのメンケン、フランク、雑誌『ブルーム』に対する攻撃の延長上にあり、アメリカという土地に根ざした文学、そして多文化的理想に基づくアメリカ独自の文学を生み出そうとする陣営と一線を画そうとするヘミングウェイの立場表明として読むべきだろう。そしてその立場表明は、『春の奔流』と同時期に執筆された『日はまた昇る』においても明確に打ち出されており、両テクストは一対となってヘミングウェイの文化的位置取りを示している。

ここでまず確認しておきたいのは、メンケン、ブルックス、フランクの著作に親しみ彼らの文学的ナショナリズムの運動に加わっていたアンダソンの著述が、『暗い笑い』では明らかに多文化的理想を目指すようになったということである。『暗い笑い』の主人公ブルースはアメリカ南部を旅してまさにその地の土着的な文化というべき、アフリカ系アメリカ人の農民そして労働者たちが口ずさむ歌に強い感銘を受け芸術的思索に耽る。その思索において自分が感化されたアメリカの著名人たちを列挙し、その中で「ヴァン・ウィック・ブルックス」と「ヘンリー・メンケン」は「素晴らしい本を書いた」（76）と語る。そしてその思索において、自分が身を置いていた中西部の知的サークルはドイツ人やイタリア人、ポーランド人、ユダヤ人など様々な民族的出自の芸術家と

芸術愛好家によって構成されていた事実に思いをはせ、次のように考える。

他のみんなが彼に色を加えてくれる。すると混合物ができる。彼自身が混合物だ（Himself the Composition）［……］褐色の男性、褐色の女性の意識がますますアメリカ人の生活の中に入ってきている［……］そしてまた、彼の中にも入ってきているのだ。（Anderson, *Dark Laughter* 74）

自分自身を「混合物」と見なし、「褐色」の男女の意識がアメリカ人と自分自身の中に入り込んでいることを肯定的に捉えるこの主人公の言葉は、アメリカ独自の文学創造という作者アンダソンの企てが、運動の同志であるメンケンらと共に、多文化的な理想の追求という色彩を明確に帯びてきたことを示している。

一方アンダソンとは正反対にヘミングウェイは、『春の奔流』と『日はまた昇る』の両方においてメンケンを名指しで攻撃している。いずれの作品でもメンケンの信奉者が一過性の流行を追う似非文学者として嘲笑の的となっている。そして『春の奔流』ではメンケン信奉者への反発が英国系アメリカ人としてのヘミングウェイの自意識に基づいていることが浮き彫りにされており、『日はまた昇る』では雑誌『ブルーム』の創刊者ローブをモデルとするユダヤ人ロバート・コーンがメンケン信奉者として嘲られている。

まず『春の奔流』から見ていくと、ヘミングウェイは『春の奔流』の二人の主人公のうちの一人、同時代の知的流行にかぶれた凡庸な作家志望のスクリップスを、自分自身とは民族的出自が異なる、そしてパロディの元である『暗い笑い』にはないイタリア系アメリカ人という設定にした上で、その男がメンケンに感化されているのを戯画化し揶揄する。

スクリップスはメンケンが編集する雑誌『アメリカン・マーキュリー』を愛読し、さらに「メンケンが私を自分のものにしようとしている」と吹聴して、自分が有望な作家としてメンケンに注目されているのを喧伝する（Hemingway, *Torrents* 18）。そしてイギリスからの文化的独立を目指す陣営に同調するように、イギリス人による世界の他地域の支配を批判し、当時イギリス人や英国系アメリカ人を包含するカテゴリーとして頻繁に使われていた「ノルディック」という言葉を用いて「ああ、あのイギリス人たち。彼らは地球上のすべての表面を旅した。彼らは自分たちの小さな島にとどまることに満足できなかったのだ。帝国の夢に取りつかれた奇妙なノルディック」と考えるのである（19）。「センチメンタル」あるいは「叙情的」と批判されがちなアンダソンの文体のパロディとして『春の奔流』で提示されるスクリップスの言葉遣いには、頻繁に「ああ（Ah,）」という感嘆を示す間投詞が用いられており、今引用した言葉においてもまさにその間投詞を使って大仰な感嘆を伴う彼の思索が戯画化されている。このようにヘミングウェイはスクリップスのメンケンへの心酔、そして英国的伝統への批判的姿勢から距離を置いてそれらを嘲っており、さらにその一方でスクリップスのそうした考えが浅薄な流行に影響された、一過性のものでしかないことを強調する。『春の奔流』の終盤において、スクリップスと恋仲にあった女性が彼の気を引こうとして『アメリカン・マーキュリー』に掲載されたメンケンの記事を話題に出すと、その女性にもメンケンに対してもすでに興味を失ってしまっているスクリップスは、「メンケンなんてもうどうだっていい」とそっけなく応じる（83）。

　そしてアンダソンを標的として書かれたこのパロディ小説『春の奔流』が、同時にメンケンをもう一人の標的としていることを明示するように、ヘミングウェイは『春の奔流』という書の全体を、草稿段階の扉ページでは皮肉たっぷりに「捧ぐ／H・L・メンケンへ／敬意をこめて」と書いている[5]。

　さらに『春の奔流』と同時期に並行して書かれた『日はまた昇る』でも、メンケンへの攻撃がなされている。そしてその攻撃は、メンケンに感化されたロバート・コーンへの批判、つまりはそのモデルである雑誌『ブルーム』の創刊者ローブへの批判として行われている。コーンがパリを嫌っていることに主人公ジェイクは思いをめぐらせ、次のように考える。

コーンがあんなふうにパリを楽しめないのは、どこから来ているのだろう。たぶんメンケンからだ。メンケンはパリが嫌いにちがいない。非常に多くの若者が、自分たちの好みと反感をメンケンから得ている。

(Hemingway, *Sun* 42)

このようにメンケンの読者への悪しき影響が語られる一方で、今ちょうど確認した『春の奔流』のスクリップスへの揶揄の場合と同じく、その影響が一過性のものであり単なる一時的流行に過ぎないことが印象づけられている。コーンがメンケンから受けた影響についてのジェイクの考えが示されたすぐあとに、ジェイクがアメリカ人の友人と雑談をする場面が続き、その雑談でジェイクは現在のアメリカでのメンケンの動向について友人に尋ねる。すると友人は「彼は今ではすっかり駄目になってしまった」と答え、「今では誰も彼の書いたものを読まない」と言う(43)。

メンケン、そして彼の思想に共鳴するアンダソンは、多民族国家にふさわしい新たなアメリカ文学を創造しようとする革新的な陣営の担い手であったわけだが、『日はまた昇る』の出版により新世代の代表格となるヘミングウェイは、そのメンケンとアンダソンの二人がすでに時代遅れの存在になってしまったことを、『日はまた昇る』、そしてそれと同時期に書かれた『春の奔流』によって強く印象づけようとしたと言えるだろう。

多文化的理想を掲げ黒人文化を礼賛するアンダソンを『春の奔流』で嘲笑し、アンダソンに感化を与えたメンケンとメンケン信奉者を『春の奔流』そして『日はまた昇る』で一過性の泡沫的存在として片付けようとしたヘミングウェイ。そのヘミングウェイはさらには、アンダソンが参加した運動の母体とも言える、アメリカの土地に根ざす文学を目指す思潮そのものからの決別を、これらの二作品で表明しているということを次に示したい。

この決別は、アンダソンが『暗い笑い』でメンケンと共に名前を挙げているヴァン・ウィック・ブルックスの主張との対峙というかたちでなされている。そしてこの対峙は、単純に罵倒と嘲笑の対象にされるメンケンの場合とは異なり、ヘミングウェイのブルックスへのより屈折した態度を示すものとなっている。『日はまた昇る』と『春の奔流』は一方でブルックスのヘミングウェイへの影響力の大きさを浮き彫りにしつつ、他方でその影響から抜け出しつながりを断つ彼の決断を表している。

『日はまた昇る』には主人公ジェイクと友人がヘンリー・ジェイムズを話題にし、国籍離脱者の文学について議論する箇所があるが、その議論は批評家エリック・ハーラルソンが詳細に検証しているように、ブルックスの著書『ヘンリー・ジェイムズの巡礼』（*The Pilgrimage of Henry James*, 1925）を下敷きにしている（Haralson 195–197）。第十二章でスペインに滞在中のジェイクと親友ビルが釣りに出かける日の会話で、ビルは作家志望のジェイクに「君は国籍離脱者だ」、「大地との接触を失っている（You've lost touch with the soil.）」と語り、「故国を去った者で出版に値するものを書いた人間は一人もいない」という言葉を投げかける。そして彼のことを「性的不能」だと噂する者もいる、とビルが言うとジェイクは、「事故にあっただけだ（I just had an accident.）」と応じる。すると言葉が過ぎたと感じたビルは、そんなことを口にしてはいけない、それは「謎（a mystery）」にしておくべきだ、「ヘンリーの自転車のように（Like Henry's bicycle.）」と慌てて付け加えるのだ（Hemingway, *Sun* 115）。一方ブルックスの著作を見てみると、アメリカという環境に馴染めなかったヘンリー・ジェイムズがまず比喩的な意味で「無力さ（helplessness）」から逃れられない「不能な（impotent）」文学者だと形容されている（Brooks, *Pilgrimage* 45）それだけでなく、少年時代の「事故」により肉体的な欠損を負った、という曖昧にぼかした表現で彼に肉体的な問題があったことが指摘されている（33）。さらにジェイムズがアメリカに存在しない伝統的事物を並べ立てて嘆いている有名な不満の言葉を取り上げてブルックスは、ジェイムズが不在を嘆いている事物はロシアにも存在しなかったけれども、イギリスやフランスに匹敵するフィクションがロシアに生まれる妨げにはならなかったと反駁する。そしてジェイムズが尊敬していた作家たちはみな彼ら自身の国から分離してはいなかったと強調して、ジェイムズ自身によるツルゲーネフに対する賞賛の言葉、「彼の作品には、すべての偉大な小説家たちの作品と同じように、故郷の土の匂いが強くする。（His works savor strongly of his native soil, like those of all great novelists.）」という言葉を引き合いに出す（49）。

ハーラルソンは『ヘンリー・ジェイムズの巡礼』に言及しているフィッツジェラルドの手紙の中に、ヘミングウェイもその書を読んだと書いてあることを指摘している（Haralson 195）。ブルックスのジェイムズ論を踏まえた国籍離脱者の文学への批判を『日はまた昇る』のジェイクがビルから言われているのは、その批判が一定の説得力をもって作中で提示されていることを表している。しかしながら一方でその言葉は真剣に受け入れ従うべき助言とは見なされておらず、あくまで軽口、冗談の種として扱われている。会話の始めにビルはジェイクに、作家になりたいのなら朝起きたときから「アイロニカルになるべきだ（You ought to be ironical）」と告げて終始皮肉な戯れ言を言い続け、その一環としてジェイクを根無しの不能だとからかうのである。そして戦争の後遺症で実際に性的不能に陥っているジェイクが投げかけられた「不能」という言葉を真剣に受け取ると、ビルは自分の軽口を慌てて撤回しようとしている。会話で言及されるブルックスの主張は、真に受けるべき訴えではなく、ふざけて真似される決まり文句、「みんな（Everybody）」が「ニューヨーク」で話していることだというビルの説明が示すように、あくまで現時点で大勢が注目する流行の話題であるにすぎない（Hemingway, *Sun* 115）。

そして『日はまた昇る』においてヘミングウェイは、母国の土壌に根ざした文学創造のためにツルゲーネフを手本に掲げるブルックスとは異なる、そしてブルックスに抗うといっていいやり方でツルゲーネフを扱っている。スペイン旅行でコーンと他の友人たちとのいがみ合いにうんざりしたジェイクは一人ホテルの自室に戻ったあと、ツルゲーネフの『猟人日記』の中の一つの短編を読んで気持ちを落ち着かせる。活字に神経を集中させると、書かれている田舎の描写が「非常に明快（very clear）」に感じられるようになり、「頭の中の圧迫した感覚が軽くなるように思えた」と説明されている（147）。ヘミングウェイによるこうしたツルゲーネフの捉え方は、母国の地に根付いた文学の範例としてツルゲーネフを賞賛するブルックスの捉え方、すなわち彼の文学に「集合的な大衆の沈黙する精神（The silent spirit of collective masses）」あるいは「彼の自国の民衆の声（the voice of his own people）」（Brooks, *Pilgrimage* 51）の表現を見いだす見方とはかけ離れている。ヘミングウェイがその描写を「明快」と形容する「田舎（The country）」とは、ブルックスが思い描く多数の人間の集合体ではあり得ず、おそらくは自然や農村の視覚的スケッチ、風景描写であろう。

農村のスケッチということに関して言うと、作中で言及される『猟人日記』の田舎の描写が「明快」なイメージと「圧迫した感覚」を軽くする効能を持っているのは、『日はまた昇る』に挿入される田舎の描写と通じ合う。刹那的に過ごす人々が集うパリの喧噪を描く前半部、そしてスペインでの祝祭見物がやがてパリでの終わりなき狂乱状態の延長に思えてくる後半部の間に挟まれた、ブルゲーテへのバス旅行とそれに続く釣り休暇の話は、バスで通過する村々の牧歌的な風景と美しい自然の描写で主に構成されている。南国的なスペインの太陽に照らされたそれらの風景の絵画的描写は、全体に虚無感の漂うこの小説においてつかの間の安息と解放をもたらしてくれるものとなっている。作中のこれらの箇所での田舎の描写は社会の係累からの一時的な退避あるいは隠遁とつながっており、作中で言及される『猟人日記』の田舎の描写を手本にヘミングウェイが創作したものであるようにすら思えてくる。

いずれにせよ、国籍離脱者の小説である『日はまた昇る』の中でのツルゲーネフ文学の効能は、異国の地で過ごす個人に心の平安を与えることであり、集合的な国民の声を表すのではなく、煩わしい人間関係からの隔離あるいは隠遁を保証することにある。

自国の地に根ざす文学を求める主張を茶化しツルゲーネフをブルックスとは食い違うかたちで受容するヘミングウェイの姿勢はまた、『日はまた昇る』よりも若干早く出版された『ニュー・ニグロ』におけるアレイン・ロックの発言、そしてその発言の中でロックが言及しているジーン・トゥーマーの見解とも大きく異なる。本稿ですでに指摘したようにロックとトゥーマーは共にブルックスから感化を受けその主張に共鳴していたわけだが、『ニュー・ニグロ』でのロックによるトゥーマーの賞賛は、ブルックスの文学理念に沿うものとなっている。ロックはこのアンソロジーの中で他の何人かと共にトゥーマーを新世代の旗手として紹介し、その説明の中で南部に赴いたトゥーマーから彼がもらった手紙を引用している。

> ジーン・トゥーマーは次のように書いている。
> 「ジョージア州は私を開いてくれました。［……］そこで人は土壌、ロシア人たちが知っていた意味で土壌を発見するのです、――生命を持つ全ての芸術と文学が埋め込まれなければならない土壌です。（Georgia opened me. ［……］ There one finds soil, soil in the sense the Russians know it, —the soil every art and literature that is to live must be imbedded in.）」（Locke 51）

母国アメリカの地に根を張った文学の創出、そのために見習うべき手本としてのロシア文学への熱い関心を語るロックとトゥーマー。ヘミングウェイが『日はまた昇る』で打ち出す方向性は、この二人の姿勢とは乖離する。

　鳥瞰的に捉えるなら、ブルックスやメンケン、アンダソン、トゥーマーらが推し進めていたアメリカという地に根ざす文学創出の運動からヘミングウェイは離脱した、と見ることができる。そしてその離脱はパロディ小説である『春の奔流』では、アメリカの特定地域の住民たちに焦点を当てる文学の戯画化というかたちで表れている。その小説では、ヘミングウェイの故郷に近くなじみ深いシカゴ周辺部が扱われており、とりわけ本稿で取り上げた「ミシガンの北で」の舞台ホートン・ベイにほど近い町ペトスキーのポンプ工場と安食堂にほぼ物語の場所は限定されている。ポンプ工場では主人公と共に多くのアメリカ先住民たちが働いており、小説の中心的人物であるイタリア系移民スクリップスの行きつけの店となる安食堂では、黒人のコック、そして子供のとき孤児となってアメリカに渡ってきたイギリス人女性がウェイトレスとして働いていて、小説の舞台は様々な民族的出自の人間たちが集まり出会う場となっている。その場で繰り広げられる出来事や会話は平板で単調であり、登場人物たちは殺伐とした日常生活をただただ続けているとも言える。物語られている内容のつまらなさや耐えがたさをあえて強調するために書かれているこのヘミングウェイの小説でパロディの標的となっているのは、アメリカのスモール・タウンにおける閉塞状況を描いたアンダソンの文学であり、またアンダソンを見習って同じ街区に住む心満たされない住民たちを描いたウォルド・フランクの短編集『シティ・ブロック』（*City Block*, 1922）のような作品だろう(6)。

　『春の奔流』では結末近くでヨギが森から出てきた裸同然のアメリカ先住民の女性と安食堂で出会って初めて胸の高鳴りを覚え、その女性と連れだって夜の森へと消えていく。この話の急展開によって食堂で繰り広げられる出来事の単調さは打ち破られるが、戯画的に描かれるこの大団円ではその現実味の乏しさが際立たせられている。そして対照的に、ヨギと女性が食堂から立ち去った後に残されたスクリップスが、新たに付き合い始めたばかりの目の前の女性に早くも興味を失って呟く心の声がむしろ逆に、物語では強調されているように聞こえる。スクリップスの内的独白として、「僕の女。だが、ともかく、彼は満足していなかった。どこかに、ともかく、何か別のものがあるに違いない。何か別のものが（Somewhere, somehow, there must be something else. Something else.）」と書かれている（Hemingway, *Torrents* 86）。

安食堂で先住民の女性と出会う直前、先住民だけが集まって憩う酒場に入って追い出され、行く当てもなく夜の道を呆然と歩いているときのヨギの心境もまた同様に目の前の地とは別のどこかを求める切望であり、その切望がむしろ説得力を持って描かれている。「今どこかに向かっている。出発だ。ユイスマンスがそれを書いた（Going somewhere now. En route. Huysmans wrote that.）」（75）。こう考えたあとヨギはパリそしてユイスマンスにちなんで名前がついた通り、その通りの近くに住むガートルード・スタインに思いをはせる。寒々とした退屈な町での暮らしから遠く離れた別世界、芸術の都パリに対して向けられる関心。そして「出発（En route）」というユイスマンスの小説名が想起されることで示唆される脱出願望。主人公たちのこのような心の動きはパロディとして戯画化されているわけではなくむしろ、作者ヘミングウェイ自身の切実な希求を表しているように見える。ユイスマンスの小説『出発』（*En route*, 1895）は浅薄で醜悪な近代的世界に背を向けた主人公が中世の伝統が息づく僧院を訪れて招き入れられ、そこでカトリック僧たちと共に自己鍛錬に励む物語である。その施設に保持されている中世の美は「野蛮な優美さと、本当に心を打つ素朴さ（une grace barbare, une naïveté vraiment touchante）」と形容されており（Huysmans 34）、こうした小説の魅惑をヘミングウェイがここで持ち出しているのは、彼が渡欧し近代以前の伝統の魅力をスペインの闘牛の中に発見したことと軌を一にしている。

アメリカから離れ近代以前の西欧の伝統再発見を求めるこうした姿勢はアンダソンやメンケン、ブルックスの立場とは相容れないものであり、国籍離脱者となったヘミングウェイの新たな師エズラ・パウンドの企てと通じ合う。そして『春の奔流』に現われている、慣れ親しんだ土地へのヘミングウェイの極めて否定的な扱いは、パウンドが故郷を離れた文学者を支持する評論で批判した、「地方的偏狭さ」をまさに強調するものとなっている。『日はまた昇る』で皮肉な距離を置いて言及される「国籍離脱者」批判、すなわち「故国を去った者で出版に値するものを書いた人間は一人もいない」という主張に反駁をするために、ヘミングウェイは『日はまた昇る』と『春の奔流』の二冊を書いたとさえ言えるかも知れない。『日はまた昇る』は故郷を去って出版に値するものを書けることを証明しようとする企てであり、一方『春の奔流』は逆に、故郷に留まっていては出版に値するものは書けないということを示そうとする書であると言ってもいい。

おわりに――本稿のまとめと今後の課題

ここで本稿全体の議論を振り返ると、ヘミングウェイのトゥーマーそしてハーレム・ルネッサンスとの関係を探るため、彼がトゥーマーと共にアンダソンを中心とする文学的ナショナリズムの運動に加わり最終的にはその運動から離反するプロセスを検証してきた。彼の離反はアンダソンらの運動が折しも多文化的理想の追求という性格を色濃く帯びてきた時期になされており、その離反は結果的にヘミングウェイの文学をトゥーマーそしてハーレム・ルネッサンスから遠ざけることにつながっている。

なお最後に、ヘミングウェイが彼の詩と『日はまた昇る』そして『春の奔流』で行った文学的ナショナリズムの推進者たちすなわちメンケン、アンダソン、フランクらへの攻撃、言い換えれば彼らと一線を画し自らを新世代の作家と標榜する位置取りは、ヘミングウェイ個人を超えいわゆる「ロスト・ジェネレーション」に共有される動きだったのではないか、という可能性に触れておきたい。というのも『日はまた昇る』と『春の奔流』の出版とほぼ同時期に、『日はまた昇る』の草稿に目を通しヘミングウェイとの関係を深めていたフィッツジェラルドが、ヘミングウェイを新世代の旗手として称え、一方メンケン、アンダソン、フランクの三人を旧世代として葬り去ろうとする評論を発表しているからである。フィッツジェラルドは一九二六年五月にヘミングウェイを絶賛する評論を雑誌に発表しているが、その評論を「題材の浪費の仕方——私の世代についての覚え書き」（"How to Waste Material: A Note on My Generation"）と題し、ヘミングウェイへの賞賛の一方でアンダソンらが文学的枯渇をもたらしたと批判している。フィッツジェラルドの見解では、アメリカの政治や社会、「人種問題」、「産業化」への批判といったアメリカ的な題材はすでに書き尽くされ、文学は停滞状態に陥っている（Fitzgerald 262）。「黄金時代となるはずだったものの文学的始まり（the literary beginning of what was to have been a golden age）」はもう「死滅（dead）」してしまっており、この行き詰まりは「二人の人間のせい」であって、その二人とはメンケンとアンダソンに他ならないとフィッツジェラルドは主張する。メンケンは「混沌（chaos）」を「活力（vitality）」と勘違いしており、アンダソンは「素晴らしいそしてほとんど真似できない散文の文体の持ち主」ではあるが、書いている内容には「ほとんど何の考えもない」という。そしてその内容は「ウォルド・フランク」と同じく「無意味で馬鹿げた」ものになっている、と批判している（263）。

アメリカの土壌に根づいた文学を目指す陣営からのヘミングウェイの離脱は、このようにフィッツジェラルドの共感を呼び個人を超えた新世代の動きという性格を帯びる。ヘミングウェイの離脱をフィッツジェラルドを含めたいわゆる「ロスト・ジェネレーション」の作家たちとアンダソンらの陣営、そしてハーレム・ルネッサンスという三者の関係にまで拡大して考察することは本稿の範囲を超えるが、今後の検討に値する課題であるように思う。

（1）本稿で扱う著作家たちの記述と齟齬をきたさないようにするため、本稿では「黒人」という呼称を用いる。

（2）渡邊藍衣は作中人物が言及する時事的話題を手がかりに、この作品の時代背景が一八九二年から一八九三年頃であることを明らかにしている（渡邊　一二〇―一二三頁）。

（3）武藤脩二はこの短編冒頭の廃墟化した製材所の描写をアメリカの開拓と産業化における自然の収奪の反映と捉え、また廃墟にマージョリーが所与の文学的イメージを投影していることを指摘している（武藤　五六―六〇頁）。

（4）『春の奔流』についての論考は概して、このパロディ小説をヘミングウェイとアンダソンとの個人的対立の現われと捉えて伝記的事実や作品創作の過程にもっぱら関心を向け、『春の奔流』そのものの内容を詳しく検討することは行っていない（Burkhart, Taylor, White）。『春の奔流』の内容についてのまとまった考察としては、『春の奔流』とヘミングウェイの他作品とのテーマ上の共通性を論じるハヴィー、自己パロディを含めた作品の風刺性を評価するジャンキンス、風刺される凡庸な作家とは異なるヘミングウェイの創造性を『春の奔流』に読み込もうとするガイジュセク、先行するイギリス小説の影響を指摘するバーンズの論考があるが、いずれも『春の奔流』と『暗い笑い』を含めたアンダソンの著作との関係を再考しようとはしていない。

例外的なのはチャプルとレッデンの研究である。チャプルはヘミングウェイの『春の奔流』とその書名の元となったツルゲーネフの小説との関係を中心に論じ、描かれている男女関係の共通性という点から『暗い笑い』にも言及している。またレッデンは『春の奔流』に登場する作家スクリップスと女性たちとの関係を、ヘミングウェイが執筆時に置かれていた三角関係の自己パロディと見なし、『暗い笑い』で描かれる冷めた夫婦関係との関連に触れている。

（5）John F. Kennedy Library Ernest Hemingway Collection, Box MS33, Item220, p. 2.

（6）ヘミングウェイがこのパロディ小説に『春の奔流』という題名をつけたことにも、アンダソンやブルックスらが推進していた文学的ナショナリズムに対するヘミングウェイの皮肉な姿勢が感じられる。というのもヘミングウェイが書名として借用したツルゲーネフの同名の小説は、ロシア人の主人公が渡欧中に出会った女性との恋愛の話であり、作者の故国ロシアを舞台にした小説ではないからである。パウンドは本論で言及した評論の中で、パリで生活を送ったツルゲーネフを故郷脱出者の一人として称えており、ヘミングウェイの書名借用はパウンドと同様に、そしてブルックスらとは対照的に、ツルゲーネフの故郷脱出者としての一面を強調するものと言えるだろう。

参考文献

Anderson, Sherwood. *Dark Laughter.* 1925. Liveright, 1953.

Baker, Carlos. *Hemingway: The Writer as Artist.* Princeton University Press, 1952.

Barnes, Daniel R. "The Traditional Narrative Source for Hemingway's *The Torrents of Spring.*" *Studies in Short Fiction* 19 (1982), pp. 141–150.

Brooks, Van Wyck. *American's Coming-of-Age.* 1915. *America's Coming-of-Age.* Amereon House, 1990, pp.1–88.

———. *Days of the Phoenix: The Nineteen-Twenties I Remember.* 1957. Van Wyck Brooks: An Autobiography. Dutton, 1965: pp. 249–445.

———. *Letters and Leadership.* 1918. *America's Coming-of-Age,* pp. 89–159.

———. *The Pilgrimage of Henry James.* 1925. Jonathan Cape, 1928.

———."The Young America." *The Seven Arts* (Dec. 1916), pp. 144–151.

Burkhart, Robert E. "The Composition of *The Torrents of Spring.*" *The Hemingway Review* 7 (1987), pp. 64

Chapple, Richard. "Ivan Turgenev, Sherwood Anderson, and Ernest Hemingway: *The Torrents of Spring* All." *New Comparison: A Journal of Comparative and General Literary Studies* 5 (1988), pp. 136–149.

Fitzgerald, F. Scott. "How to Waste Material: A Note on My Generation." *Bookman* 63 (May 1926), pp. 262–265.

Foley, Barbara. *Jean Toomer: Race, Repression, and Revolution.* University of Illinois Press, 2014.

Frank, Waldo. *City Block.* 1922. Scribner's, 1932.

———. *Holiday.* 1923. University of Illinois Press, 2003.

———. *Our America.* Boni and Liveright, 1919.

Gajdusek, Robert E. "*The Torrents of Spring:* Hemingway's Application for Membership in the Club." *North Dakota Quarterly*

66.2 (1999), pp. 20–34.

Haralson, Eric. *Henry James and Queer Modernity.* Cambridge University Press, 2003.

Hemingway, Ernest. *The Complete Short Stories of Ernest Hemingway*: Scribner, 1987.

———. *Ernest Hemingway Complete Poems.* Ed. Nicholas Gerogiannis. University of Nebraska Press, 1979.

———. *Green Hills of Africa.* 1935. Scribner's, 1963.

———. *Ernest Hemingway: Selected Letters 1917–1961.* Ed. Carlos Baker. Scribner's, 1981.

———. *The Sun Also Rises.* 1926. Scribner's, 1970.

———. *The Torrents of Spring.* 1926. Simon and Schuster, 1998.

Holcomb, Gary Edward. "Race and Ethnicity: African Americans." Eds. Debra Moddelmog and Suzanne Gisso. *Ernest Hemingway in Context.* Cambridge University Press, 2013, pp. 307–314.

Holcomb, Gary Edward and Charles Scruggs. "Hemingway and the Black Renaissance." *Hemingway and the Black Renaissance.* Eds. Gary Edward Holcomb and Charles Scruggs. The Ohio States University Press, 2012, pp. 1–26.

Hovey, Richard B. "*The Torrents of Spring:* Prefiguration in the Early Hemingway." *College English* 26 (1965), pp. 460–464.

Huysmans, J. K. *En route.* 1895. Librairie Plon, 1950.

Junkins, Donald. "'Oh, Give the Bird a Chance': Nature and Vilification in Hemingway's *The Torrents of Spring.*" *North Dakota Quarterly* 63.3 (1996), pp. 65–80.

Ledden, Dennis B. "Self-Parody and Satirized Lovers in *The Torrents of Spring.*" *Hemingway Review* 34.2 (2015), pp. 91–104.

Locke, Alain. Ed. *The New Negro.* 1925. Simon & Schuster, 1997.

Lockwood, David M. "Sherwood Anderson and *Dark Laughter:* Discovery and Rebellion." *Society for the Study of Midwestern Literature Newsletter* 11.2 (1981), pp. 23–32.

Loeb, Halold. "The Mysticism of Money."*Broom.* 3. 2 (Sept. 1922), pp. 115–130.

———. *The Way It Was.* Criterion Books, 1959.

Mencken, H. L. "The Aframerican: New Style." *The American Mercury* 7 (February 1926), pp. 254–255.

———. *The American Language: An Inquiry into the Development of English in the United States.* 3rd ed. Knopf, 1923.

Meyers, Jeffrey. *Hemingway: A Biography.* Da Capo Press, 1999.

Morrison, Toni. *Playing in the Dark: Whiteness and the Literary Imagination.* 1992. Vintage, 1993.

North, Michael. *The Dialect of Modernism: Race, Language and Twentieth Century Literature.* Oxford University Press, 1994.

Ott, Mark P. "A Shared Language of American Modernism: Hemingway and the Harlem Renaissance." *Hemingway and the Black Renaissance.* pp. 27–37.

Pound, Ezra. *Selected Prose 1909–1965.* Ed. William Cookson. A New Directions Book, 1973.

Rideout, Walter B. "*Dark Laughter* Revisited." *The Winesburg Eagle* 20 (1995), pp. 1–4, 12.

Reynolds, Michael. *The Young Hemingway.* Basil Blackwell, 1986.

Scruggs, Charles. *The Sage in Harlem: H. L. Mencken and the Black Writers of 1920s.* The Johns Hopkins University Press, 1984.

Scruggs, Charles and Lee Vandemarr. *Jean Toomer and the Terrors of American History.* University of Pennsylvania Press, 1998.

Stewart, Jeffrey C. *The New Negro: The Life of Alain Locke.* Oxford University Press, 2018.

Svoboda, Terese. *Anything That Burns You: A Portrait of Lola Ridge, Radical Poet.* Schaffner Press, 2015.

Taylor, Welford Dunaway. "A Shelter from *The Torrents of Spring.*" *French Connections: Hemingway and Fitzgerald Abroad.* Eds. Gerald Kennedy and Jackson R. Bryer. Mcmillan Press, 1998, pp. 101–119.

Toomer, Jean. *Cane: An Authoritative Text, Backgrounds, Criticism.* Ed. Darwin T. Turner. 1923. Norton, 1988.

———. *The Letters of Jean Toomer 1919–1924.* Ed. Mark Whalan. The University of Tennessee Press, 2006.

———. *The Wayward Seeking: A Collection of Writings by Jean Toomer.* Ed. Darwin T. Turner. Howard University Press, 1980.

White, Ray Lewis. "Anderson's Private Reaction to *The Torrents of Spring.*" *Modern Fiction Studies* 26 (1980), pp. 635–637.

———. "Hemingway's Private Explanation of *The Torrents of Spring.*" *Modern Fiction Studies* 13 (1967), pp. 261–263.

Wright-Cleveland, Margaret E. "Cane and *In Our Time*: A Literary Conversation about Race." *Hemingway and the Black Renaissance*, pp. 151–176.

武藤脩二『ヘミングウェイ「我らの時代に」読釈』世界思想社、二〇〇八年。

渡邊藍衣「『ミシガンの北で』における女性の性的欲望の表象とその時代背景」『ヘミングウェイ研究』第一四号、二〇一三年、一一九―一二九頁。

第五章　鳥と鯨

――ディキンスン、ジュエット、メルヴィルにおける動物表象――

米山正文

はじめに

ハーマン・メルヴィルの『白鯨』(*Moby-Dick; or, The Whale*, 1851) 第一三三章でようやく姿を現す白い鯨は、読者に多彩な姿を見せる。美しく崇高で神々しい容姿を見せたかと思えば、口でボートを真っ二つに砕く破壊的な力を見せる。捕鯨水夫にとっては獲物であると同時に、攻撃的で戦略を駆使する巨大な敵でもある。報復する鯨であると同時に、ブリーチを行う現実の鯨でもある。様々に変化するイメージは、モウビー・ディックを捉えがたい不可思議な対象にし、読者を混乱させ、かつ引きつけるものとなっている。

白鯨とは何か、白鯨は何を象徴しているかという問題については、これまで無数の解釈がなされてきたといえる。神や自然、宇宙、悪などと結びつける解釈や、超自我や父性的権力と関連づける精神分析的な解釈、またエイハブの分身と捉える文学的な解釈など古典的な批評があった。しかし、その後、鯨もしくは白鯨を自然の象徴として、あるいは動物そのものとして、哲学的、審美的、科学的観点から分析する批評、これと関連して生態学

的立場から分析する批評も現れている。(1)

この小論は、自然表象や動物表象に関する先行研究を踏まえながら、『白鯨』における鯨の表象をあらためて吟味することを目的とする。その際、これまで取り上げられることのなかった、ニュー・イングランドの女性作家との比較を取り入れる。白鯨の表象はメルヴィルの自然観との関連で、ニュー・イングランドの超絶主義作家(エマソンやソローなど)と比較検討されることが主流であった。(2) 本論文ではそこからあえて離れ、エミリ・ディキンスンとサラ・オーン・ジュエットとの比較を試みる。具体的には、ディキンスンの詩「一羽の鳥が小道をやって来た」('A Bird came down the Walk -' (Johnson number 328))とジュエットの短編「白鷺」("A White Heron," 1886)における鳥の表象と、『白鯨』における鯨の表象を比較する。特に、語り手や登場人物(動物も含め)の「視覚」に注目する。これまで無視されてきたディキンスンやジュエットとの類似点の追求、さらに、鳥と鯨という一見まったく無関係に見える二者のイメージの比較分析を通じて、メルヴィルの「鯨」像に新たな視点を付け加えることが本論文の目的である。

一　人間化をめぐって

『白鯨』の鯨の表象を考える際、古典的研究として無視できないのが、ロバート・ゾルナーの『白鯨』論(一九七三年)である。近年の動物表象研究では歴史を無視したエコ・クリティシズムとして批判されてはいるが、鯨の表象を考えるうえで原点となる重要な研究である(Armstrong 24-26)。ゾルナーはイシュメールが実際に鯨捕りを経験する三つの章――第六一章「スタッブ、鯨を殺す」、第八一章「ピークォド号、処女号に出会う」および第八七章「スペイン大無敵艦隊」――において、イシュメールが、エイハブ的な非現実の「鯨」から徐々に離れ、鯨を徐々に「人間化（humanizing）」していったと論じている。すなわち、第六一章では、鯨はスタッブと同じような、パイプをふかす人物のようにコミカルに描かれ、恐しい存在であったが、あっけなく死んでしまう弱い生き物となり、第八一章では、老齢で病弱な巨大鯨が仕留められ苦しんでいく様子を見たイシュメールが、人間と同じような脆弱さを持つ鯨への共感を深め、第八七章では、鯨の群れに遭遇し、鯨の臆病さを知ると同時に、母子鯨の姿に出会い、鯨と人間との同一性に気づいていくと解釈している（Zoellner 166–184）。また、こうした鯨の「人間化」の背後には、イシュメールのいわゆる「鯨学（cetology）」があり、この動物学的な視点は鯨を「胎盤を持つ哺乳類」、人間と同じように「血と肉を持った」動物として見ることに役立っていると論じている（Zoellner 185–186）。ゾルナーの指摘する通り、経験主義的なイシュメールにとって鯨と実際に直面する上記の三章は極めて重要であり、その精緻なテクストの読解は、鯨をただ「怪物」として怖れる最初の段階から、人間と同じ脆弱な動物と見なす同朋意識への変容を十分に実証している。

　ゾルナーが述べる「人間化」はディキンスンやジュエットのテクストにも見いだすことができる。ディキンスンの「一羽の鳥が小道をやって来た」は以下のようなものである。

A Bird came down the Walk –
He did not know I saw –
He bit an Angleworm in halves
And ate the fellow, raw,

And then he drank a Dew

From a convenient Grass –
And then hopped sidewise to the Wall
To let a Beetle pass –

He glanced with rapid eyes
That hurried all around
They looked like frightened Beads, I thought –
He stirred his Velvet Head

Like One in danger, Cautious,
I offered him a Crumb
And he unrolled his feathers
And rowed him softer home –

Than Oars divide the Ocean,
Too silver for a seam –
Or Butterflies, off Banks of Noon
Leap, plashless as they swim.

一羽の鳥が小道をやって来た
私の見てるのに気づかずに——
ミミズを半分に噛み切って
そいつを食べた、生のまま

それからひとしずく飲んだ
手頃な草から——
それから塀の方にぴょんぴょん歩いた
甲虫を通してやるため——

すばやく動く両目で見た
あたり一面にせわしなく
目はおびえたガラス玉のよう——
ビロードの頭をかすかに動かした

危険にさらされた者のように注意深く——
私はパンのかけらをさしだした
すると鳥は羽をおしひろげ
ゆるやかに家へと漕ぎ出した——

縫目も見えない銀色の海を、
かき分けるオールよりもゆるやかに——
正午の土手から飛び立って、
音もたてずに泳ぐ蝶よりもゆるやかに

(Dickinson 156)

この詩で興味深いのは、鳥のイメージの変化である。第一連ではミミズを真っ二つに食いちぎる、残虐な、野生動物としての鳥である。しかし第二連では食後に水分を取り、甲虫を通すため脇によってやるという、やさしいイメージに変化する。第三連では詩人の視点はさらに鳥に近づき、鳥の両目が「おびえたガラス玉」という共感覚(synaesthesia)で描写される。詩人は鳥の目に恐怖を読み取り、鳥の弱さが暗示される。それを受け、第四連では詩人は鳥を餌づけしようとする。人間と切り離された「野生」としての野蛮な鳥が、他の動物仲間を思いやり、さらに恐怖心を見せるような、詩人が共感できる存在へと「人間化」していることがわかる。

鳥のイメージはさらなる展開を見せ、動的な両目が注目される第三連では同時に、鳥は静物のように描かれ、目は「ガラス玉」に、頭は「ビロード」にたとえられる。視覚的かつ触覚的なイメジェリーによって、鳥は審美化されていると考えられる。美しさと弱さで詩人を引きつけた鳥だが、次の第四連では、詩人に飼いならされる(domesticated)ことはない。羽を広げると、空という「家(home)」へと帰っていくのである。空をゆったりと羽ばたいていく様子が、海を緩やかに進んでいくオールにたとえられ、自然との調和が印象づけられる。豊かな視覚的("silver," "oars," "butterflies," "banks")および聴覚的("plashelss")なイメジェリーによって情景はさらに審美化された、同時に、大空に去っていく鳥は、人の手が届かない崇高な存在にもなっているのである。

　ディキンスンの詩と比べ、ジュエットの「白鷺」では、より濃密な鳥の人間化を見ることができる。この小説は主に、動物を「友だち」として見る九歳の少女シルヴィアの視点から描かれている。語り手はシルヴィアのことを「自然や、物言わぬ（dumb）森の生活と心を通い合わせる存在」と言い、祖母は「野の生き物たちはシルヴィアを仲間の一人だと思っている」と述べる（Jewett 235, 231）。祖母には厄介な家畜でしかない牛は、シルヴィアにとっては「モリーさん」という隠れんぼ遊びの相手であり、日暮れ時の木の上の動物たちはお互いに「お休みなさい」を言っているように見える（Jewett 228–229）。

　ところが、このようなシルヴィアを一変させる人物が登場する。鳥の剝製を収集する「鳥類学者」で、狩猟のためにやって来た旅人である（Jewett 232）。この青年に憧れを抱くようになるシルヴィアは、白鷺という「非常に珍しい」鳥の巣を探し求める彼を助けようと、早朝森の中へ冒険に出かける（Jewett 232–233）。興味深いことに、シルヴィアはその過程で「青年化」していく。青年が白鷺への渇望を語るとき「熱心な（eager）」という語が三度使われているが、シルヴィアが白鷺の巣を発見するため松の巨木に上ろうとするとき「熱い（eager）血」が彼女の全身を駆け巡ったと語られる（Jewett 232–233, 235）[3]。ついにその巣を発見するときも、シルヴィアの「熱心な（eager）目」は白鷺に「光や意識といった矢（arrow）」を放つまでになっている（Jewett 238）。「矢」の攻撃的なイメージは獲物を仕留めようとする狩人の視線を表している。シルヴィアは青年という狩人と同一化することで、鳥と「心を通い合わせる」自分を失っていくのである。

　しかし、シルヴィアは回帰する。近くの松の木に止まり、巣にいるツガイに呼びかけ、一日のための羽繕いをする白鷺を見る。その後、「下界の緑の世界にある家（home）」へ一直線に帰っていくところまで目で追いかける（Jewett 238）。ここで、“home”という語が使われていることは重要である。シルヴィアが白鷺を、家庭と家族を持つ人間のように見るようになったことを表しているからである。結局、シルヴィアは青年に白鷺の住処を知らせず、青年は落胆して立ち去るが、その悲しみも忘れることになるのは、青年に撃ち落された「ツグミやスズメが物言わず地面へと落下し、彼らの歌声は押し黙らされ、きれいな羽が血まみれになる、痛ましい光景（piteous sight）」があったからである（Jewett 239）。この生々しい描写は読者に青年狩人の残酷さを印象づけると同時に、シルヴィアが鳥との共感の世界に戻ったことを表している。

「白鷺」における、狩猟されるものへの共感は、意外なことに、鯨狩りの小説『白鯨』にも見ることができる。剝製の収集家と異なり、『白鯨』の捕鯨水夫たちは食べていくために鯨を殺さざるをえない環境に置かれた人たちである。いわば鯨への共感など最も障害となる状況であるにもかかわらず、イシュメールは第八一章で狩りの対象に痛切な哀れみを感じている。老齢と病気、身体障害の重なった脆弱な巨大鯨が、恐怖のため必死で逃げる様子を「ぞっとするような、極めて痛ましい（pitiable）、見る人の気を狂わせんばかりの光景（sight）だった」と述べ、特に、窒息しているような呼吸をすること以外、「話すことができない（dumb）」状態が、その鯨を「言葉にできないほど痛ましく（pitiable）」していると述べる（Melville 354–355）。さらに、銛を打ち込まれ血を流す鯨が、目の奇形のため盲目であることがわかると「見ていられないほど痛ましい（pitiable）」と強調する（Melville 357）。ここで繰り返される「痛ましい」という言葉は、シルビアが感じた「痛ましさ」と呼応している。また、「話すことができない（dumb）」鯨は、「白鷺」でシルヴィアが心を通わせていた「物言わぬ（dumb）森の生活」という表現とも呼応している。

さらに、イシュメールたちのボートが鯨の群れの中に閉じ込められる第八七章で、シルヴィアと似た体験をする。「大艦隊」だと思われた群団の中心は意外にも、穏やかな鯨の母子の世界で、イシュメールは「人間の子供（infants）のように」母鯨の乳を吸いながら、自分たちを見ている、鯨の「ちっちゃな子供たち（infants）」を見る

(Melville 388)。また、海面下で若い鯨が「愛の営みをしている」光景まで目にし、それを「海の持つ最も捉えがたい秘密（secrets）」がいくらか明らかになったように思われたと述べている（Melville 388）。ここでは軍隊のイメージが家庭（home）のイメージに逆転している。これは、シルヴィアが狩人となって白鷺の「巣」を探し、ツガイの白鷺の「家庭（home）」を垣間見た体験と重なっている。シルヴィアはその「秘密（secret）」を青年に打ち明けることができない（Jewett 238–239）。イシュメールもシルヴィアも、動物の「秘められた」家庭の世界を偶然目にしたことで深い共感に至る。シルヴィアは元いた世界に戻っただけのため、その光景を見て「十分満足した」だけであるが、イシュメールにとっては初めての体験であったため、驚異や魔法にかかったような感覚が繰り返し吐露されており、強烈な驚きや感動を暗示していると考えられる（Jewett 238; Melville 387–389）。

興味深いことに、『白鯨』では動物の「人間化」だけでなく、人間の「動物化」も生じている。周知のごとく、第六四章「スタッブの夕食」では風刺的に人間がサメと比較され、「獣」としての人間像が暗示されているし、メルヴィルとダーウィニズムとの近接を指摘する批評家もいる。(4) しかし、ここでは別の方向から考えてみたい。それは、動物と同じように人もまた「狩られる」存在になりうるという観点である。第一三三章から始まる白鯨との死闘の場面で、エイハブを含む捕鯨水夫たちは、強大な白鯨になすすべなく翻弄され、滑稽なほど無様な、ちっぽけな存在として描かれる。これほどの卑小化は、メルヴィルも参照した先行する捕鯨テクストに見ることはできない。(5) 闘いの初日で、白鯨はエイハブのボートのへさきを銜え、その「ちっぽけな杉材」を揺さぶるが、それが「穏やかだが残虐な猫がネズミにそうするような」様子だったと述べられている（Melville 550）。「猫」と「ネズミ」の直喩は、因習的な「捕食者」と「獲物」のイメージを想起させ、ここではエイハブたちが白鯨に「狩られる」存在になっていることがわかる。

また、エイハブ本人について注目すると、有名な演説をする第三六章「後甲板」において、白鯨に「マストをへし折られ」身障者となった自分への憐憫を激発させる場面で、「心臓を突かれたムース（moose）のそれのような、大声のぞっとするようなすすり泣き」であったと述べられている（Melville 163）。この「ムース」という動物は、アメリカ大陸ではバッファローと同じように狩りの対象であった。そのことは『白鯨』で、先住民水夫タシュテゴが、「あの巨大な、ニュー・イングランドのムース（moose）を追い求めていた」誇り高い「狩人」の末裔であると紹介されていることからも明らかである（Melville 120）。エイハブの白鯨への怒りは、本来人間が狩るべき獣によって、自分が「狩りの対象にされる」という、人としての誇りを踏みにじられた、耐えがたい屈辱感から発していると解釈できる。しかし、皮肉なことに、エイハブの最期を示す、ロープが首に絡まる場面では、第八一章でイシュメールの痛切な同情を引き起こした、老齢の鯨の「声を発することができない（no voice）」状態と呼応するように、「声を発することのできないまま（voicelessly）」ボートから飛び落ちていく（Melville 355, 572）。つまり、エイハブは狩られる鯨と同一の状態で亡くなっていくのである。こうした一連の展開は、他の動物と同じように人間もまた「狩りの対象」になりうることを示し、「狩られる」動物たちの境遇を読者に想像させる効果がある。

『白鯨』と同様に、「白鷺」でもわずかだが、シルヴィアの「動物化」を見ることができる。青年のような狩人と化したシルヴィアがオークの木によじ上る場面で、その手足は「鳥のかぎ爪」のように木にしっかりと押しつけられ、シルヴィアは揺れる大枝の上を獣のように「這って（crept）」行く（Jewett 235）。また、シルヴィアが最初に青年と出会う場面も興味深い。この「ちっちゃな森の少女」は突然、鳥のものとは違う「口笛」を耳にし、恐怖に襲われる。牛をほっぽりだし、用心深く茂みの中に入り込むが、すでに「敵（enemy）」はシルヴィアを発見していた（Jewett 229）。そして、この「敵」であった青年は、シルヴィアの隣を歩いていきながら「何種類かの鳥を探して（hunting for）いるんだよ」と言う（Jewett 229–230）。この場面は、獲物が狩人に発見されたときの様子に奇妙なほどよく似ている。そして、シルヴィアの家に行った青年は、彼女が白鷺について何か知っているのではないかと、「熱心な（eager）」関心を持ってシルヴィアをじっと見つめる（Jewett 232）。シルヴィアはいわば、この狩人に捕獲されてしまったのである。

二　視覚の作用

これまで論じてきた動物の人間化に対し、その源となる共感の要因をさらに探っていきたい。「白鷺」の最後で、シルヴィアは青年への憧れや金銭的報酬と、白鷺の命を守りたいという思いとの間で引き裂かれる。最終的に白鷺の巣の在りかを打ち明けなかったときの様子は、次のように書かれている。

> 松の緑の枝たちのささやき声が耳に残っており、シルヴィアは、あの一羽の白鷺が黄金の空を飛んでやってきたときの様子と、二人で一緒に海と夜明けをじっと見つめたときの様子を思い出した。だからシルヴィアは口を開くことができなかった。白鷺の秘密を話し、その命を手放すことができなかった。（Jewett 239）

この部分は、白鷺を見たときの記憶がシルヴィアを思いとどまらせたことを示している。前半では白鷺は動的で美的に描かれている。それはディキンスンの鳥の描写と明らかに重なっている。また、『白鯨』第一三三章で白鯨が初めて登場するとき、ゆったりと泳ぐ白鯨が崇高なイメージで審美化されていることとも共通している（Melville 548）。だが、ここで注目したいのは後半の部分である。白鷺と「一緒に海や夜明けを見つめた」という、シルヴィアの一体感を表す部分である。

精神分析学者の北山修は、江戸時代の浮世絵の母子像を分析する過程で、二者が「同じものを眺める姿」が頻繁に登場することに注目し、「共視」という概念を提起している。北山は、こうした「共に眺める」という行為が、情緒的な絆、情緒的交流を生み出していると指摘する。母子関係でいえば、はかないものとして描かれる共視の対象は、子供の自立によって消え去っていく、母子の「幻想的一体感」を表しているという。北山は、共視を日本的な文化的情緒と結びつけているが、同時に発達心理学の分野での「共同注視（joint attention）」に相当することを明らかにしており、日本文化に限定されない、より普遍的な人間心理を表していると考えることができる（北山　一四—二五頁）。シルヴィアが得た白鷺との一体感は、この「共視」体験に基づいていると解釈できるだろう。

「白鷺」に現れた「共視」は、ディキンスンの詩や『白鯨』でも見ることができるだろうか。「一羽の鳥が小道をやってきた」では、詩人が鳥と同じものを見るということは一切なく、鳥は外側から、距離をとって観察されるだけである。動的に描かれ人間化されてはいるが、鳥は、最後に空に帰っていくように、あくまで人と分離した、別の世界の住人である。ただ、詩人が鳥の「両目」に注目したとき、その「おびえたガラス玉」のような目を見て、「危険にさらされた者のように」エサをあげようとしたというのは興味深い。その目に鳥の感情を読み込んで、自分もその感情に影響を受け「おびえている」ような、共鳴の暗示がわずかに読み取れる。

『白鯨』においても、物理的な共視は現れない。しかし、共視の概念を、二者が並んで同じものを見るという文字通りの意味から拡張し、一方が片方の視点に入り込み、その視点から見える光景を描くという疑似的な「共視」にまで広げると、イシュメールの変化を追うことができる。

ゾルナーが「鯨の人間化」が始まると指摘した第六一章は、鯨が仕留められるのをイシュメールが初めて見る場面であるが、疑似共視の場面は一切ない。最初に鯨狩りに出る第四八章と比較すると、第六一章では血を流し逃走する鯨に対して、「苦しんでいる（tormented）体」とか「苦悶の中で（agonizingly）吹かれる」潮とかいう表現が現れ、イシュメールが鯨の感情を推測し、同情が生まれ始め、ただの「怪物（monster）」から人間化していく様子は確かに読み取れる（Melville 285）。しかし、鯨はあくまで外側から観察されているだけである。

次に鯨が仕留められる場面は、老齢で病的な鯨が登場する第八一章であるが、その前に極めて重要な章がある。一連の鯨学に連なる第七四章「抹香鯨の頭――セミクジラとの対比から」である。イシュメールはここで、抹香鯨の目、特にその位置に注目している。抹香鯨の場合、目は巨大な頭の両脇にあり、「人間でいえば耳のあたり」に相当するという（Melville 330）。そして、次のように読者に語りかける。

読者の皆さんはご自分で想像できるだろう、それがどんな結果になるかを。両耳を通して横にあるものを見ることになるのだ。お分かりだろうか、真横の視線の前方は、だいたい三〇度くらいしか見ることができない。後方でも同じくらいである。最も悪意に満ちた敵（foe）が真昼間に短剣を振り上げて正面から近づいても、皆さんはそれを見ることができないことになるのだ。背後から敵がこっそり近づいてきた場合もそうだ。（Melville 330）

最後のたとえはいくぶん誇張された、滑稽な想像になっているが、イシュメールはここで、実際に鯨になったときの視覚を読者に肌で感じさせようとしていることがわかる。

さらにイシュメールは、人間の目は無意識に、前方にある複数のものを同時に見渡すことができると述べ、鯨にはそれができないが、（耳の位置に目があるため）逆方向にある二つの景色を、同時に注意深く吟味することができるのではないかと推測する。そして、それは気まぐれな思いつきかもしれないが、三艘か四艘のボートに包囲された鯨が時として見せる動揺、そうした鯨に共通する「臆病さや、奇妙な恐怖に陥りやすい傾向」は、視野が分離し正反対の方向に向いていることからくる「抑えようもない心理的混乱」に由来しているのではないかと述べている（Melville 331）。つまり、鯨の目の調査から始まって、実際に「耳から」対象を見ている状況を想像し、捕鯨水夫としての経験的事実も踏まえながら、鯨の心理状態（特に弱点）を洞察するまでに至っている。

メルヴィルが参照した捕鯨の先行テクストでも鯨の目に注目した著作はあるが、水晶体や網膜など目の構造を解説する解剖学的な説明に終始している（Beale 115–121; Bennett 157–159）。こうした方法は鯨をあくまで「別の種」と捉え、人間と鯨を分離している。それに対し、イシュメールの鯨学は、種の比較という動物学的な方法は取り入れ、ヒトと鯨を比較しながらも、鯨になったときの感覚を読者に想像させることで、人間と鯨の想像的同一化を促すものになっているのである。

鯨の視覚に注目した第七四章の後になると、イシュメールには明らかな変化が見てとれる。老齢鯨を猛追する第八一章では、第六一章より鯨の描写がより細かく正確になっていることから、鯨の狩人としての経験の蓄積を読み取ることができる。鯨は巨大な体躯や口、尾という破壊的な「武器」を持った、油断できない恐ろしい「怪物」であることに変わりはない。しかし、その弱さにも注目し、より鯨の立場に近づこうとする態度が読み取れる。鯨の背中に銛を打ち込んだ水夫たちは、この鯨にとっては「敵（foes）」である（Melville 356）。水面下に隠れる鯨にのしかかる水圧は「二〇〇ファゾムの水の柱」や「二〇艘の軍艦の重さ」に相当するとイシュメールは言い、その下で苦悶する鯨の姿を読者に想像させると、「この負傷した鯨にとって、頭上で動き回る巨大な亡霊（phantoms）［捕鯨ボートの一隊のこと］はどれほど恐ろしいことか」と述べている（Melville 356）。ここでは鯨の視点から、水夫たちがゴシック的な恐怖の対象として描かれている。頭上の「亡霊」という像は、明確とはいえないものの、鯨の視覚を意識させる表現となっている。

さらに、イシュメールたちが鯨の群れに閉じ込められ、偶然にも鯨の家庭を垣間見ることになる第八七章では決定的な変化が起こる。鯨の母子を見たイシュメールは、敵としての、狩りの対象としての鯨のイメージからいっとき離れる。その際、鯨の赤子の視線に関心がいく。「人間の子供がお乳を吸っているとき、乳房から別の方向を穏やかにしっかりと見つめるように」、その鯨の子供たちも、

われわれの方をじっと見ているように思えた。いや、われわれではなく、生まれたばかりの目には、われわれはほんのわずかの海藻くらいにしか見えなかっただろう。子供の横で浮かびながら、母親たちもわれわれを穏やかに見つめているように思えた。(Melville 388)

この場面で、イシュメールが鯨の子供の視覚に入り込み、そこから見える画像(「ほんのわずかの海藻」)を想像していることは重要である。いわば疑似的に「共視」していることが読み取れるからである。鯨の視覚に注目してきたイシュメールが、その子供ではありながらも、また一瞬でありながらも、シルヴィアと同じような一体感を持ったと解釈できる。

このような視覚を通じた、イシュメールの鯨に対する共感の発達は、最終的に白鯨との遭遇で試されることとなる。白鯨はそれまでの鯨とは違い、船長が当該航海の標的と宣言した特別な鯨である。数々の水夫仲間を死に追いやってきた、許しがたい敵でもある。また、第四二章「その鯨の白さ」でイシュメールが吐露しているように、彼個人を脅かす「白さ」を体現する鯨でもある。白鯨狩りをする初日と二日目に、イシュメールの目に映る白鯨は、捕鯨水夫たちの集合的な表象――エイハブの白鯨像に収斂するイメージ――がそのまま現実化したような姿で現れている。すなわち「悪意のある知性(malicious intelligence)」を秘めた強大な鯨である(Melville 549)。

白鯨がイシュメールの前に最初に姿を見せた瞬間は、穏やかに泳ぐ姿が崇高美で描かれはするが、すぐに海面下の胴体や口（jaws）の「恐怖」を見せつけることになる（Melville 548）。

初日は主にイシュメールの視点から、時として白鯨に接近したエイハブやエイハブの船員の視点から、「えもの」である捕鯨水夫をネズミのように弄ぶ猫のように、ゴシック的な恐怖の対象として描かれる。二日目は一貫してイシュメールの視点から、より生々しい戦いの場面が描かれ、白鯨は戦術でエイハブらを上回る、並外れた知力と運動神経を持つ攻撃的な鯨として描かれている。また、初日はエイハブのボートをかみ砕く口（jaws）が武器となり、二日目はスタッブやフラスクのボートを跳ね飛ばす尾（tail）や、エイハブのボートの底に打ちつける前額部（forehead）が武器となっている。このような表象は、メルヴィルも参照したトーマス・ビールの著作で言及されている、臆病な動物としては例外的な、攻撃してくる鯨、オーウェン・チェイスが語るエセックス号の悲劇で本船に頭突きをする鯨や、J・K・レイノルズが「モウカ・ディック（Mocha-Dick）」で示した伝説的な白鯨、すなわちビールの言う「戦闘的な鯨（fighting whale）」と一致している（Beale 183; Chase 24-31; Reynolds 21-31）。メルヴィルがこうした先行テクストの「戦闘的鯨」のイメージを利用し、物語用にやや誇張して造形化していることは間違いない。知性を持つ鯨はある意味で「人間化」されているが、イシュメールが共感する余地はまったくない。

一方で、白鯨の視覚を感じさせる部分が、わずかだが読み取れる。初日においてエイハブのボートを攻撃した後、白鯨は少し離れたところで、体を回転させながら、海面上で垂直に頭を上下させる動作を見せる。イシュメールはこの動作をただ叙述しているだけだが、作者メルヴィルは脚注を付け、「この動作は抹香鯨に特有なもの」で、「やり投げ（pitchpoling）」と呼ばれていると解説をしている（Melville 550）。そして、「この動作によって、自分の周囲にどのようなものがあるにせよ、それを最も明瞭に、最も広範囲に見渡しているに違いない」と興味深い記述をしている（Melville 550）。すなわち、白鯨が周囲をよく見ようとしていることを読者に知らしめようとしていることがわかる。また、二日目の激しい戦闘の場面で、エイハブのボートが白鯨に真正面から迫ろうとするが、それは白鯨の「頭の横にある視覚」を逃れるためである。しかし、三艘のボートはすでに「白鯨の片方の目（eye）」にはっきり入り込んでいたため、白鯨は三艘の間に突進してきたとイシュメールは述べている（Melville 558）。ここでの鯨の目への注意は、敵の視界を避けるという戦術的な目的からきたものであり、共視ではないが、イシュメールが初日と違って鯨の視覚に注目しはじめたことは読み取れるのである。

白鯨追撃の三日目になると、イシュメールの白鯨像に変化が現れる。白鯨は相変わらず、イシュメールの、またエイハブや水夫たちの視点から、復讐に燃える堕天使のように、また「欺こうという意図や悪意」が秘められた存在のように想定されているが、同時に、その「弱さ」も暗示されるようになってくる（Melville 567, 569）。たとえば、白鯨は一度は複数のボートの間に入り込み、尾を振り回すが、その後はただ逃げているように描かれる。その背中にはフェダラーの死体がロープで巻きついていることが明らかとなるが、ボートから離れていく白鯨をイシュメールは「まるで背負っている（bore）死体とともに逃げようと決心したかのように、あるいは前回遭遇した場所は風下への進路の一段階にすぎなかったかのように」ただ一定の調子で前に進んでいると描写している（Melville 568）。また、その白鯨が速度を落とすと「三日間連続の追撃や、背負っている（bore）絡み合ったロープが泳ぎの障害になっているため」疲労しているのではないかと推測している（Melville 569）。ここでは「背負う」という語が繰り返されているが、白鯨の体感、すなわち重荷や疲労を読者に想像させる表現が使われている。また、攻撃的な「戦闘的鯨」のイメージは軽減され、前回の戦闘も、白鯨が自分から捕鯨水夫を狙っているというよりも、ただ「風下への進路」を邪魔されただけだったのではないかと推測させる記述となっている。

さらに、これまでイシュメールが出会ってきた鯨と白鯨との共通点が浮き彫りになってくる。前日、水夫たちに打ち込まれたばかりの「鉄」（銛のこと）は体の中で「腐食している（corroded）」と書かれているが、第八一章で仕留められた老齢鯨の体の中でも「腐食した（corroded）銛」が発見されており、この腐食が鯨の潰瘍を生み出したことが語られている（Melville 358, 567）。このことは、白鯨も突き刺された銛から潰瘍を発する可能性があることを暗示している。また、群れに属さない孤立した鯨であることから、白鯨もまた老齢鯨であることは明白である。さらに、エイハブは「怒り狂う鉄」を白鯨の体深くに打ち込むが、その瞬間、白鯨は横方向に身をよじり、「痙攣しながら（spasmodically）」のたうった横腹をエイハブのボートの船首に打ちつけている（Melville 569）。ここは初めて白鯨の痛みを感じさせる場面であり、白鯨も不死身の怪物ではないことを示している。また「痙攣」という言葉は、第六一章においてスタッブに仕留められた鯨が死んでいく場面で「痙攣しながら（spasmodically）潮吹き穴を収縮している」という箇所で使われている（Melville 286）。それだけでなく、第八一章で仕留められる老齢鯨も、恐怖のなか必死に逃げていく際に、体に障害があるため波を切るごとに「痙攣しながら（spasmodically）」体が沈む様子が描かれている（Melville 354）。こうした、以前の鯨との共通点は、強大な白鯨もまた脆弱な動物であること、老いた鯨でかつ満身創痍の状態によって死に向かっていることを暗示していると考えられる。

そして、エイハブの攻撃を受けながらも、なお前に突進していく（つまり逃げていく）白鯨が、なぜか突然進路を変え、チェイスの著作に見られた戦闘的鯨と同じように、本船自体に向かっていくクライマックスになるが、この決定的な場面を、イシュメールは次のように描いている。

　波を打ち砕くボート［エイハブのボート］の恐ろしい突進音を耳にし、追い詰められたように（at bay）、その無表情な前額部を準備しようと鯨は一回転した。しかし、その回転のさなかに、近づいているピークォッド号の黒い船体を目にした。おそらく、その船自体に、自分へのすべての迫害（persecutions）の源があると思ったのだろう。それこそ――おそらくは――より大きな、より高位の敵（foe）だと思ったのであろう。突然［……］彼は前進する船のへさきに向かってきた。（Melville 570）

ここでは、それまでの追撃者の視点が、白鯨の視点に取って代わっている。最初に、執拗に追撃してくるエイハブのボートに対し、迎撃しようと頭を向けた白鯨の様子が描かれる。次にイシュメールは鯨の目に映る船体の姿を捉え、最後に推測ではあるが、白鯨の内面に入り込んでいる。最初の、鯨の聴覚を想像させる部分では、「恐ろしい」という語が白鯨の恐怖を読者に感じさせる。次の部分では、イシュメールは白鯨と疑似的な「共視」をしているといえる。「迫害」といった言葉は、その前の「追い詰められた」と併せて、捕鯨水夫が「迫害者（persecutors）」であり白鯨こそが「犠牲者」であるというイメージを喚起する。つまり、白鯨の立場から見ると、自分は一方的に攻撃されている被害者・犠牲者なのである。ここは白鯨にとって捕鯨水夫たちがどのように見えているかを読者に想像させる唯一の場面、そして、白鯨へのイシュメールの共感が唯一読み取れる貴重な場面である。それが、一瞬ではあるが、「共視」から生まれていることは注目に値する。

この後、語り手イシュメールの視点はめまぐるしく移動する。エイハブのボートの乗組員の視点から、エイハブ、タシュテゴ、スターバック、スタッブ、フラスクの視点へと移り、本船にいる乗組員のほぼ全員の視点で白鯨の表情は「復讐」と「永久的な悪意」に満ちたものと描かれ、最後は再びエイハブの視点に戻る。エイハブがなお白鯨を追撃しようと銛を打ち込むと、「突かれた鯨（stricken whale）は前方へと進んでいった」とのみ描写される（Melville 570–572）。これがテクスト内で白鯨が登場する最後の部分であり、三日間の死闘を演じた特別な鯨とは思えない、実にあっけない最後となっている。白鯨は他と変わらない、狩猟され逃げるただの鯨にまで卑小化されているといえる。最後の部分における、こうしたイシュメールの視点の変化、白鯨の様々なイメージは、三日目における白鯨像を曖昧な、掴みどころのないものにしている。だが、この三日目では、その前日までの「戦闘的鯨」像は修正され、脆弱で犠牲者であるイメージも暗示され、はるかに多面的で豊かな白鯨像となっている。いわば、鯨学や狩りの部分を含め、それまでのイシュメールの捕鯨体験の集大成となっているのである。

おわりに――"home"へ

本章では、詩「一羽の鳥が小道をやってきた」、「白鷺」、そして『白鯨』における動物の人間化を分析し、また後者二つのテクストについては人間の動物化についても考察した。さらに、北山修の「共視」の概念を用い、「白鷺」と『白鯨』における共視が動物の人間化に及ぼす影響について分析した。その北山が浮世絵の母子像について、母子の共視の対象がシャボン玉など「はかない対象」であることに注目し、それが「段階的に幻滅していく」「母子の幻想的一体感」を表していると述べているのは興味深い（北山　二四―二五）。『白鯨』でイシュメールが白鯨に抱いた一体感は決して永続するものではなく、一瞬間の、儚いものといえるだろう。また、九歳のシルヴィアが白鷺に持った友だちのような感覚は、成長していくにつれ失われるものかもしれない。こうした動物との一体感の儚さは、対象となる動物のイメージにも表れている。ディキンスン、ジュエット、メルヴィルの描く動物はみな、生き生きとしていて活動的であり、現実の動物を忠実に再現しているといえる。しかし一方で、ディキンスンの鳥は詩人の手のとどかない、はるか彼方の空に戻っていく。ジュエットの白鷺は毛づくろいをする現実の鳥であるが、シルヴィアがめったにしか見ることのできない「幻の鳥」であり、シルヴィアの視点によって「荘厳な（solemn）鷺」と述べられていることから神聖化されていることがわかる（Jewett 238）。白鯨もまた、ブリーチや「やり投げ」をする現実的な鯨であるが、先行テクストの「モウカ・ディック」とは異なり、結局仕留められることはなく、人間の手を逃れ続ける。傷を負いながらも、『白鯨』に登場する他の鯨と違い、その血については一切触れられないのも極めて奇妙である。白鯨は非現実感を伴った幾分超越的な鯨のまま姿を消すのである。

三つのテクストにおいて動物と人間を分ける最も大きな要素は、棲む世界が違うということである。ディキンスンの詩人はおそらく自宅の敷地内にいるが、鳥の住みかは空である。シルヴィアは「森の少女」ではあるが、牛を連れていく農家こそが彼女の住まいであり、白鷺の住まいは森の中であり、しかも、農家から「半マイル離れた、森の中で最も遠いところ」にある（Jewett 234）。イシュメールら捕鯨水夫の住まいは海上では船であり、最終的には陸地である。一方、白鯨の住みかは海であり、最後も海の中へと消え去っていく。

しかしながら、こうした住処の違いはありながら、「最後に家に帰る」という点において、両者の共通点が見いだせるように思われる。動物たちは家へと帰っていく。ディキンスンの鳥は空に戻り、「白鷺」の白鷺は、松の木に上ったシルヴィアから見て「下界の緑の世界」にある「自分の家（home）へと矢のように」帰っていく（Jewett 238）。白鯨はエイハブに銛を打ち込まれたまま前進し、海の中へと帰っていく。人間たちもまた同様である。ディキンスンの詩人はもともと家の敷地内にいるが、「白鷺」のシルヴィアは白鷺を見た後、狩人であることをやめ、もとの怖がりの少女に戻ると、家へと帰る。テクストの最後では、最初と同じように牛を「家（home）」へ連れて帰る少女に戻っている（Jewett 239）。『白鯨』の「エピローグ」で、漂流していたイシュメールは「レイチェル号」に発見され、船という「家」へと帰ることができる。「レイチェル号」の船長が行方不明となった息子を探し、「レイチェル」が母親を象徴することから、イシュメールは親のところへ戻る子供のイメージと重なっており、「帰宅」というイメージをさらに強化している。

イシュメール一人が溺死せず漂流できたのは、親友クウィークエグがかつて死の準備で作らせた棺であり、救命ブイに変形されたもののおかげである。哲学的にいえば、この「棺の救命ブイ（coffin life-buoy）」は、生と死を両方あわせ持つというパラドックスを示す（Melville 573）。それはそのブイを遡上させた、すべてを巻き込む渦の中心にあり、最後は弾けることになる「泡（bubble）」と同様である（Melville 573）。泡とは、人を破滅させる、死の象徴となっている水（液体）に囲まれた空気（気体）であるが、空気は人を生き延びらせる生の象徴となっているからである。生死を包含する、この泡のイメージは「棺の救命ブイ」と重なっており、そのパラドックス性をさらに強調している。

興味深いことに、「白鷺」でも同じようなパラドックスを見ることができる。それは白鷺の巣、「枯れた（dead）ベイツガ」である（Jewett 238–239）。つまり、白鷺の「家」は、ツガイの生活の場であり、雛の誕生も予感させる生の象徴であると同時に、「枯れた」という死の象徴ともなっているのである。『白鯨』の最後の哲学的パラドックスを解く鍵の一つは、「家」にあるように考えられる。

クウィークエグの棺もまた「家」を体現している。もともとこの棺は「棺のカヌー（coffin-canoe）」であった（Melville 478）。それはクウィークエグにとって、死者が海の彼方の天国へと向かう旅のための船である。それゆえクウィークエグはカヌーの中に捕鯨道具だけでなく、食料や飲料水、少しの土、枕まで入れ、「最期の寝床」を準備する（Melville 479）。つまり、生活の場、床に就く場となっており、明らかに家の機能を果たしていることがわかる。

哲学者ガストン・バシュラールは、家の持つ「内密性」に関わる文学的イメージを考察するなかで、「家」のイメージが「母の胎内」と「石棺」の両方のイメージと重層的に結びつくことを指摘している。（バシュラール一〇六―一八四頁）。すなわち、「家」は生と死という両極端のイメージを同時にあわせ持つということである。

興味深いことに、『白鯨』第四九章「ハイエナ」でも、死のイメージが家のイメージと結びつくパラドックス的な箇所が見いだせる。ここは最初の鯨狩りを体験したイシュメールが、いつ命を失うかわからないと痛感し、クウィークエグを証人に「遺書」を書く場面である。遺書を書いた後でイシュメールはすっかり安心し、「落ち着いた満足した気分であたりを見回す」が、そうした自分を「良心を洗い清められ、居心地のよい家族の埋葬所（family vault）の柵の中に腰を下ろしている、心穏やかな幽霊」のようだったと形容している（Melville 228）。この直喩は滑稽な自嘲を含んでいるが、死を「家（家族）」のイメージと結びつけ、死者が隠れ家にいるようなイメージも喚起している。家は人が生まれる場所であると同時に墓地なのである。『白鯨』の鯨にとっても同様のことがいえる。鯨の「家」は広大な海であるが、海は鯨が誕生する場所であり、かつ鯨の墓地でもある。しかし、バシュラールはまた、家の持つ「石棺」のイメージは、再生や復活のイメージにも連なると指摘している（同前、一六七、一八二―一八四頁）。それは渦の中より生還するイシュメールのイメージとも重なっている。『白鯨』の「エピローグ」が暗示しているのは、生と死、死と生を繰り返す、鯨と人の共通した姿なのである。

（1）本章で参照したものとしては、Baker, Buell, Glenn, Moore, Schultz, Wilson, Zoellner がある。他に、マルクス主義的観点からのものとして、Armstrong, Barnard を参照した。

（2）たとえば、Buell 209, 214; Moore 73–74, 110–120; Schultz 98–100; Zoellner 31. などが挙げられる。

（3）この“eager”という語は、『白鯨』の中でも水夫たちが鯨狩りをするときに何度も使われている。たとえば、白鯨を追う二日目で水夫たちは「性急な熱情（eagerness）にかられて別のものを鯨の潮と間違ったことがあった」という記述がある。「白鷺」と同じように、狩りの熱情を表すときに用いられているのである（Melville 557）。

（4）たとえば、Shultz 110; Wilson 140–148. などが挙げられる。

（5）ハワード・ヴィンセントは、メルヴィルが利用した先行テクストとして、Beale, Bennett, Browne, Cheever, Scoresby

のものを挙げている（Vincent 128–135）。

参考文献

Armstrong, Philip. "*Moby-Dick* and Compassion." *Society and Animal*. 12: 1 (2004), pp. 19–37.

Baker, Jennifer J. "Dead Bones and Honest Wonders: The Aesthetics of Natural Science in *Moby-Dick*." *Melville and Aesthetics*, Eds. Samuel Otter and Geoffrey Sanborn. pp. 85–101.

Barnard, John Levi. "The Cod and the Whale: Melville in the Time of Extinction." *American Literature*. 89: 4 (2017), pp. 851–879.

Beale, Thomas. *The Natural History of the Sperm Whale*. 1839.

Bennett, Frederick Debell. *Narrative of a Whaling Voyage round the Globe, from the year 1833 to 1836. Comprising Sketches of Polynesia, California, the Indian Archipelago, etc., with an Account of Southern Whales, the Sperm Whale Fishery, and the Natural History of the Climates Visited*. Vol. 1 & 2. 1840.

Browne, J. Ross. *Etchings of a Whaling Cruise*. Ed. John Seelye. The Belknap Press of Harvard University Press, 1968.

Buell, Lawrence. *The Environmental Imagination: Thoreau, Nature Writing, and the Foundation of American Culture*. The Belknap Press of Harvard University Press, 1995.

Chase, Owen et al. *Narratives of the Wreck of the Whale-ship Essex*. Dover, 1989.

Cheever, Henry T. *The Whale and His Captors; or, the Whaleman's Adventures*. Ed. Robert D. Madison. University Press of New England, 2018.

Dickinson, Emily. *The Complete Poems of Emily Dickinson*. Ed. Thomas H. Johnson. Little, Brown and Company, 1960.

Glenn, Barbara. "Melville and the Sublime in *Moby-Dick*." *American Literature*. 48: 2 (1976), pp. 165–182.

Jewett, Sarah Orne. *The Country of the Pointed Firs and Other Stories*. Ed. Mary Ellen Chase. Norton, 1981.

Melville, Herman. *Moby-Dick; or, the Whale*. Eds. Harrison Hayford, Hershel Parker and G. Thomas Tanselle. Northwestern

University Press and the Newberry Library, 1988.
Moore, Richard S. *That Cunning Alphabet: Melville's Aesthetics of Nature*. Rodopi, 1982.
Otter, Samuel and Geoffrey Sanborn. Eds. *Melville and Aesthetics*. Palgrave Macmillan, 2011.
Reynolds, J.N. *Mocha Dick; or, the White Whale of the Pacific*. SicPress, 2013.
Schultz, Elizabeth. "Melville's Environmental Vision in *Moby-Dick*." *Interdisciplinary Studies in Literature and Environment*. 7: 1 (2000), pp. 97–113.
Scoresby, William. *Journal of a Voyage to the Northern Whale-Fishery; Including Researches and Discoveries on the Eastern Coast of West Greenland, Made in the Summer of 1822, in the Ship Baffin of Liverpool*. 1823.
Vincent, Howard P. *The Trying-Out of 'Moby-Dick.'* Kent State University Press, 1980.
Wilson, Eric. "Melville, Darwin, and the Great Chain of Being." *Studies in American Fiction*. 28 (2000), pp. 131-150.
Zoellner, Robert. *The Salt-Sea Mastodon: A Reading of 'Moby-Dick.'* University of California Press, 1973.
北山修「共視母子像からの問いかけ」『共視論　母子像の心理学』北山修編、講談社、二〇〇五年、七—四六頁。
バシュラール、ガストン『大地と休息の夢想』饗庭孝男訳、思潮社、一九七〇年。

執筆者紹介（執筆順）

山　本　裕　子　客員研究員　千葉大学大学院人文科学研究院准教授

三　宅　美千代　研究会講師　翻訳家

本　村　浩　二　客員研究員　駒澤大学文学部教授

中　村　　　亨　研究員　中央大学商学部教授

米　山　正　文　客員研究員　宇都宮大学国際学部教授

ローカリティのダイナミズム

連動するアメリカ作家・表現者たち

中央大学人文科学研究所研究叢書　81

2024 年 3 月 10 日　初版第 1 刷発行

編　　者　中央大学人文科学研究所

発 行 者　中　央　大　学　出　版　部

代表者　松　本　雄一郎

〒 192-0393　東京都八王子市東中野 742-1

発行所　中　央　大　学　出　版　部

電話 042(674)2351　FAX 042(674)2354

ISBN978-4-8057-5364-4　㈱ TOP 印刷

70
読むことのクィア　続 愛の技法
ジェンダー、セクシュアリティ、クィア研究によって、文学と社会を架橋し、より良い社会を夢見て、生き延びるための文学批評実践集。
A5判　二五二頁
二九七〇円

71
アーサー王伝説研究　中世から現代まで
二〇一六年刊行『アーサー王物語研究』の姉妹編。中世から現代までの「アーサー王伝説」の諸相に迫った、独創的な論文集。
A5判　四八四頁
五八三〇円

72
芸術のリノベーション　オペラ・文学・映画
歌曲「菩提樹」、オペラ《侏儒《こびと》》《影のない女》《班女》、小説『そんな日の雨傘に』、「食」と映画などを現代の批評的視点から。
A5判　二〇〇頁
二四二〇円

73
考古学と歴史学
考古学と歴史学の両面から、日本列島の土器や漆、文字の使用といった文化のはじまりや、地域の開発、信仰の成り立ちを探る論文集。
A5判　二四八頁
二九七〇円

74
アフロ・ユーラシア大陸の都市と社会
地球人口の大半が都市に住む今、都市と社会の問題は歴史研究の最前線に躍り出た。都市と社会の関係史をユーラシア規模で論じる。
A5判　七二八頁
八八〇〇円

75
ルソー論集　ルソーを知る、ルソーから知る
二〇一二年のルソー生誕三〇〇年から九年。共同研究チーム「ルソー研究」の一〇年を締め括る論集。文学、教育、政治分野の一三名が結集。
A5判　三九二頁
四七三〇円

中央大学人文科学研究所研究叢書

76
近代を編む　英文学のアプローチ
「言葉を編む／編まれた言葉」の相からテクストを精読し、そのあらたな姿を探る。英文学の近代を巡るケーススタディ集。
A5判　二九〇頁　三四一〇円

77
歴史の中の個と共同体
宗教、政治、都市、ジェンダーの観点から多様な共同体の構築と維持を東洋史・西洋史の専門家が幅広く分析し、その多様な姿に迫る。
A5判　五三〇頁　六三八〇円

78
キャンパスにおける発達障害学生支援の新たな展開
発達障害学生に対する新しい支援システムによる活動の記録。大学の各学部事務室に心理専門職を配置し個々の学生に合わせた学修支援を行っている。
A5判　二〇八頁　二四二〇円

79
リアリティの哲学
実在をめぐる議論から、虚構と現実にまつわる問題までを広く扱う「リアリティの哲学」の第一歩となる論文集。
A5判　一八四頁　二二〇〇円

80
幻想的存在の東西　古代から現代まで
妖精、巨人、こびと、悪鬼、怪物といった「幻想的存在」をユーラシア大陸の古今東西に求め、その諸相に学際的な視点から迫った論文集。
A5判　五五六頁　六七一〇円

表示価格は税込です。近刊本のみ表示しています。